MEURTRES EN NEIGE

Un groupe de touristes anglais se retrouve coincé par le mauvais temps dans le village de Greutz, au cœur des Alpes autrichiennes. Les journées sont bien vite longues et monotones lorsqu'une tempête de neige rend impossible les descentes à ski. Parties de bridge, verres de rhum, jeux de séduction et soirées au night club ne sont pas vraiment les vacances qu'ils avaient imaginées, n'en déplaise à Penny Croft, l'organisatrice du séjour qui fait pourtant de son mieux pour les divertir. Mais lorsque l'un d'entre eux, Bernard Walker, est retrouvé mort, l'animation reprend !

En week-end dans un chalet proche du village, le professeur Patrick Grant, accompagné de son amie Liz, va tout de suite s'intéresser à l'affaire. Le corps de Walker a été repêché dans les eaux glaciales de la rivière, et il lui apparaît bien peu probable qu'il y soit tombé tout seul… On l'aurait donc aidé à se noyer…, mais qui et pourquoi ?

Née en 1924 en Angleterre, Margaret Yorke sert dans le Women's Royal Naval Service pendant la dernière guerre. Bibliothécaire à Oxford, puis libraire à Londres, elle réside aujourd'hui dans le Buckinghamshire. Avec le personnage de Patrick Grant, émule des limiers de Scotland Yard, elle aborde le roman policier. Plébiscités par la presse et couronnés de prix, les ouvrages de Margaret Yorke sont traduits en neuf langues.

DU MÊME AUTEUR

Ne vous y frottez pas
Gallimard, « Série noire », 1979

Morte et pas fâchée de l'être
Le Masque, 1989

Trouvez-moi un coupable
Liana Levi, 1996

Pudding mortel
Liana Levi, 1996
et « Points », n° P849

Le Disparu du Perséphone
Liana Levi, 1997

Emily Frost est revenue
Liana Levi, 2000

Vieilles dames en péril
Liana Levi, 2000

Margaret Yorke

MEURTRES EN NEIGE

Les Enquêtes du Professeur Grant

ROMAN

Traduit de l'anglais par Claude Bonnafont

Liana Levi

Note : Le village de Greutz et ses environs, ainsi que tous les personnages de ce livre, sont imaginaires.

TEXTE INTÉGRAL

TITRE ORIGINAL
Silent Witness

ISBN 2-02-048126-X
(ISBN 2-86746-162-2, 1re publication)

www.seuil.com

aux Dorothée, affectueusement

Matinée

I

Dans la neige qui tombait doucement, il descendait vers la vallée, affalé sur son siège comme une marionnette, raidi par le froid. Les premiers qui le virent furent les moniteurs qui empruntaient le télésiège pour aller ouvrir les pistes, et le vieux Hans Schulz qui aidait les skieurs à mettre pied à terre à Obergreutz, jour après jour. Il passa au-dessus de chacun d'eux tandis qu'ils montaient. Sa tête reposait nonchalamment contre la perche qui reliait le siège à son aussière ; ses pieds, munis de leurs skis, étaient bien rapprochés sur l'appui et un bras, recourbé par-dessus la barre, retombait entre ses genoux. Une épaisse couche de neige le recouvrait, si bien qu'il semblait vêtu de blanc. Lorsque les premiers moniteurs l'aperçurent, leurs cris figèrent d'angoisse les hommes restés en bas, les préparant en quelque sorte à l'issue de ce voyage macabre. Le siège se rapprochait lentement du sol en oscillant : chargé de son fardeau rigide, il passa au-dessus de la rivière noire et luisante avant de se poser sur la plate-forme du terminus. La machinerie s'arrêta.

Ils étaient peu nombreux pour accueillir le corps : le conducteur de la motoneige qui n'avait pas encore enfourché son engin ; les hommes chargés de l'entretien du télésiège ; quelques skieurs matinaux ; et enfin le bourgmestre. On avait interrompu son petit déjeuner dont ses moustaches portaient encore la trace. Il répartit entre les personnes présentes les mesures à prendre d'urgence.

Du balcon d'un chalet situé de l'autre côté de la vallée, le Dr Patrick Grant, professeur au St Mark's College d'Oxford, suivait la scène grâce à des jumelles. Une petite foule se rassembla progressivement au pied du télésiège.

Samedi

I

La neige tombait sans discontinuer depuis trois semaines et, dans le village de Greutz, haut perché dans les Alpes autrichiennes, l'atmosphère s'était chargée de pressentiments. Les masses neigeuses qui s'accumulaient sur les sommets menaçaient la liberté de mouvement des skieurs, à cause des risques d'avalanches ; les fermetures fréquentes de la route du col, qui d'abord n'avaient guère gêné les vacanciers récemment arrivés, déclenchaient à présent des réactions de claustrophobie : et si l'on en arrivait à un isolement total dans le village ? Et s'il n'y avait plus de correspondances possibles pour rentrer chez soi ? Mais nulle idée plus inquiétante n'avait troublé les amateurs de sports d'hiver qui avaient choisi Greutz ; jusqu'à ce que l'un d'entre eux disparût.

Tout en longueur, le village, où alternaient boutiques et chalets, s'étendait le long de la route qui descendait d'un col de haute montagne. La plupart des chalets de la rue principale étaient des hôtels ou des pensions mais un chemin derrière l'église, coiffée d'un bulbe en oignon et d'une flèche hérissée de pointes, menait vers quelques demeures privées, habitées pendant les week-ends par des propriétaires étrangers au village. Parallèlement à la route courait la Ziller ; habituellement noire et rapide, elle était à présent prise de torpeur entre ses rives rocheuses, chapeautées d'amas de neige. Un pont de bois couvert la traversait, et près de là, entre la clinique et la banque, l'école de ski occupait pendant la saison d'hiver l'espace réservé en été aux courts de tennis.

Dans sa chambre, située au premier étage de l'annexe de l'hôtel Gentiana, Bernard Walker regardait d'un œil morne la neige tomber. Il avait vue sur le mur du bâtiment principal de l'hôtel mais, en ouvrant la fenêtre et en tendant le cou, il pouvait apercevoir le village et les téléskis. Pour le moment, les flocons tombaient si serrés que, de toute façon, il ne voyait rien, mais le silence lui dit que les remonte-pentes étaient à l'arrêt. Ce matin-là, malgré le temps détestable, il avait descendu trois fois la piste rouge et sa dernière descente avait été enivrante et superbe. Malheureusement, tous les autres types de son cours de ski avaient décroché, à cause des rafales aveuglantes, et personne n'avait pu admirer ses christianas impeccables.

Il était midi, heure de pointe dans les bars du village. Bernard se décida pour le Ferdy's. Les membres de son groupe y étaient regroupés autour d'une table, devant de grandes chopes et une rangée de bouteilles vides. C'était une classe supérieure : rien que des hommes car, à ce niveau, même si elles étaient habiles, peu de femmes avaient l'endurance nécessaire pour suivre l'allure. Mais, dans le bar, plusieurs femmes s'étaient jointes à la table des hommes, y compris Fiona Spilman, une grande fille rousse, pâle et efflanquée, qui travaillait au night-club du Gentiana. Sous les effets conjugués de la fumée de tabac et de la vapeur que dégageaient les vêtements mouillés, l'atmosphère du Ferdy's était poisseuse.

– Content de voir que tu t'en es bien tiré, dit un des hommes, en voyant Bernard s'approcher de la table.

– Superbement, clama Bernard.

Pourtant, personne à la table ne fit mine de se pousser pour faire place au champion et il se rabattit sur Fiona.

– Salut, Fiona.

Elle ne répondit pas. Bernard s'efforça de voir qui d'autre était dans le bar. Une femme en sweater rouge, assise seule dans un angle, lui fit signe et il traversa la salle.

– Bonjour, Bernard. Asseyez-vous donc.

L'invite provenait de Sue Carter. Grande et jolie, elle devait avoir la trentaine. Elle avait les yeux bleus et le teint lumineux des gens qui vivent en plein air.

– Désolé. Je n'ai pas le temps. Un rendez-vous, répondit Bernard d'un ton abrupt.

Il fila et sortit du bar sans avoir retiré son bonnet.

Il traversa la rue, entra dans le hall de l'hôtel Silvretta et zigzagua dans le salon de thé comme s'il cherchait quelqu'un. Plusieurs clients du Gentiana y étaient installés devant un verre. Il ralentit l'allure le temps de saluer ceux qu'il connaissait, puis, l'air toujours aussi pressé, se précipita vers la sortie. Il remonta la rue jusqu'au self-service où il acheta un paquet de chips et une limonade.

Portant ses achats dans un sac en papier, il reprit en sens inverse le chemin qu'il venait de parcourir et se retrouva bientôt dans sa petite chambre. Il s'assit sur son lit, mangea les chips, but la limonade et se demanda comment il allait occuper le reste de la journée.

Après un regard lugubre vers la fenêtre, il prit son anorak, l'enfila et sortit sur le palier. Penny Croft occupait une chambre à l'étage au-dessus. Penny était l'accompagnatrice de l'agence de voyage Hickson's Holidays qui répartissait ses clients entre le Silvretta et le Gentiana. Comme on était samedi, Penny était à Zurich où elle supervisait le départ des clients dont le séjour était achevé et accueillait les nouveaux venus.

Fiona logeait au second étage de l'annexe. Tous les

soirs, ou plutôt, aux premières heures de l'aube, Bernard l'entendait rentrer de son job à la discothèque. Alors qu'il guettait, posté près de l'escalier, il entendit un beuglement de musique pop venu d'en haut, puis un éclat de rire féminin, suivi du grondement d'une voix masculine. Il dégringola rapidement l'escalier, traversa à l'aveuglette la courte distance qui séparait l'annexe de l'hôtel principal et entra par la porte tournante. Frau Scholler, dont la famille était propriétaire de l'hôtel depuis trois générations, faisait sa comptabilité au bureau de la réception. Elle vit passer Bernard qui ne lui accorda pas un regard. La plupart des clients se trouvaient au salon ; les uns lisaient, d'autres remplissaient des cartes postales ; d'autres encore jouaient au bridge, ce qui promettait une demande abondante et profitable de thés et de cafés puis, plus tard, de grogs et de *Gluwein.* Mais si le temps ne s'améliorait pas bientôt, les clients deviendraient irritables. Frau Scholler le savait d'expérience ; elle poussa un soupir discret avant de reprendre ses comptes.

Au salon, Bernard regarda anxieusement autour de lui. Peut-être qu'une des personnes présentes serait disposée à lui parler, à lui poser le genre de questions auxquelles il avait si rarement l'occasion de répondre. Mis à part ses prouesses de skieur, Bernard n'avait jamais rien réussi dans la vie. Il devait même au simple hasard la découverte de ses aptitudes sportives et son amour pour la glisse. Il comptait quelques printemps de moins quand un de ses collègues l'avait pressé de se joindre à un groupe qui partait pour les sports d'hiver et dont un membre s'était désisté à la dernière minute. Bernard ne savait jamais ni où ni comment passer ses vacances ; à cette phase de son existence, il espérait encore pouvoir un jour nouer de vrais contacts avec ses semblables ; il avait accepté. À la surprise générale comme à la sienne, il avait progressé rapidement, au point de devenir la vedette incontestée de l'école de ski ; le sérieux et l'ardeur qu'il consacrait au sport lui donnaient une excuse pour refuser les folles nuits et lui fournissaient de quoi bâtir sa propre image. Il skiait mais ne dansait pas. La réputation qu'il s'était acquise sur les pentes l'avait suivi jusqu'en Angleterre et il la cultivait. Depuis ses débuts mémorables, il repartait skier tous les ans, toujours dans une station différente et toujours en solitaire, afin que nul ne puisse colporter de rumeurs sur son comportement en société. À son bureau, il pouvait se vanter de prouesses sportives qui étaient réelles et faire d'obscures allusions à des aventures plus secrètes qui n'avaient jamais existé.

Mais si ce temps exécrable interdisait de skier, que pourrait-il faire d'autre ? Il était impératif qu'il paraisse occupé, sinon les autres s'attendraient à ce qu'il se joigne à leurs activités. Et toutes ces femmes, toutes ces femmes seules qui rôdaient comme des rapaces. Bernard frissonna. Toute cette chair douce, complaisante, exigeante ; et si mystérieuse. Jamais il n'admettrait que cette idée le fascinait en même temps qu'elle lui soulevait le cœur.

Le salon, pour l'instant, paraissait vide de femmes menaçantes. Pas trace de Sue Carter ni de son amie Liz Morris qui étaient arrivées par le même vol que lui le week-end précédent. Les trois Britanniques présents étaient trois autres clients de Hickson's Holidays : Francis et Barbara Whittaker, et Sam Irwin. Barbara était d'une beauté frappante et très élégante, mais solidement neutralisée par son état de femme mariée ; Bernard n'avait pas vu le regard furtif qu'elle avait jeté sur lui, par-dessus ses cartes, lorsqu'il était entré : estimation et rejet quasi simultanés. Sam Irwin occupait la chambre voisine de celle de Bernard dans l'annexe ; il avait l'air d'un homme paisible, nullement enclin à s'enivrer ni à s'effondrer dans son lit avec des gémissements ou, pis encore, avec des femmes, comportements que Bernard avait maintes fois subis de la part de ses voisins et qui l'obligeaient à se boucher les oreilles et à enfouir comme un gosse sa tête sous ses couvertures pour échapper à ces bruits terrifiants. Le quatrième à la table de bridge était Frau Hiller ; elle était veuve et habitait Francfort. Elle était venue dans l'intention de faire du curling mais en avait été jusqu'à présent privée car jamais la fraiseuse n'avait pu dégager le terrain.

Il n'y avait donc pas de risque à rester ici un moment et le salon était autrement confortable que sa chambre. Bernard s'interdisait l'idée qu'il était soulagé de n'être pas suspendu sur un télésiège dans une tempête de neige, balancé au gré des bourrasques, ou, tous ses muscles bandés, se frayant un chemin sur le flanc invisible de la montagne. Il alla jusqu'à l'étagère où s'alignait une rangée de livres de poche, polyglottes et défraîchis ; il examina quelques titres et en choisit un. Puis, ayant élu un fauteuil situé dans un coin derrière un palmier en pot, il ouvrit le volume.

II

Sue Carter lisait, elle aussi, allongée sur son lit. L'ouvrage traitait de la Renaissance italienne car elle menait un incessant combat pour combler les lacunes de son bagage culturel. Son amie, Liz Morris, avec qui elle partageait une chambre dans la partie ancienne du Gentiana, terminait les mots croisés du *Sunday Times* du week-end précédent. De temps en temps, elle levait les yeux pour observer l'expression soucieuse de Sue aux prises avec Michel-Ange ; bientôt, une respiration profonde lui signala que ce régime intellectuel était trop riche après un déjeuner plantureux : Sue dormait.

Liz abandonna les mots croisés, écrivit en majuscules sur un feuillet : PARTIE ME PROMENER. RETROUVE-MOI AU FERDY'S, et posa le message sous la brosse à cheveux de Sue, sur leur table de toilette commune ; puis elle prit son sac, son anorak bleu vif, ses gants et sortit sans bruit de la chambre.

Avant de quitter le chalet, elle jeta un coup d'œil dans le salon de l'hôtel et vit Bernard, à l'abri derrière un palmier en pot, plongé dans *Amants et fils*. Les quatre bridgeurs s'étaient installés près de la fenêtre ; comme d'habitude, Barbara Whittaker était parée à l'instar des célébrités photographiées dans les magazines de luxe : pantalon et sweater dorés, cheveux teints dans une nuance assortie. De tous les clients du Gentiana, elle était la seule que le mauvais temps persistant ne troublait guère car elle ne skiait pas ; toutefois, elle aurait bien voulu pouvoir s'allonger au soleil pour parfaire son bronzage et elle aimait aussi flâner sur les chemins alpestres, autant de désirs frustrés jusqu'à présent. Francis, son mari, un homme solide aux cheveux gris, parlait bien l'allemand ; il avait pour partenaire la très cordiale Frau Hiller, dotée d'une silhouette piriforme et d'un grand pouvoir de concentration. Le quatrième joueur était Sam Irwin, un homme long et brun dont Sue, toujours optimiste, avait été enchantée de découvrir le week-end précédent, à la fin du voyage, que Greutz était sa destination.

– Deux cœurs à prendre ! Quelle chance ! avait-elle soufflé à l'oreille de Liz en voyant que Sam et Bernard demeuraient avec elles et les Whittaker dans le bus, après que les autres passagers avaient été semés dans différents lieux pendant le trajet jusqu'à Greutz.

– Ne vends pas la peau de l'ours avant de l'avoir tué, avait chuchoté Liz, après un bref examen des deux hommes. Si tu veux mon avis, ce sont deux célibataires endurcis.

– Penses-tu ! avait objecté Sue. Un peu timides, c'est tout. Il suffit de savoir y faire. Je prends une option sur le brun. C'est le plus beau gosse…

Il y avait maintenant une semaine que le bus les avait déposées au Gentiana et les efforts de Sue n'avaient pas été récompensés. Sam Irwin était poli mais peu bavard ; il disparaissait chaque matin après le petit déjeuner, probablement pour skier, déjeunait rarement à l'hôtel et, le soir venu, il retrouvait les Whittaker avec lesquels il s'était rapidement lié d'amitié. Sue en était totalement désemparée.

– Tu vois, j'avais raison, lui avait répété Liz le matin même. Il n'aime pas les femmes. Il se sent en sécurité avec Barbara parce qu'elle est mariée. S'il connaissait vraiment les femmes, il saurait qu'elle est beaucoup plus dangereuse que nous.

– Tu es vraiment trop cynique, s'était insurgée Sue.

– Et toi tu ne tires jamais les leçons de l'expérience, avait répondu Liz agacée.

Elle se rappelait cette conversation en se mettant en route, laissant derrière elle les bridgeurs et le lecteur solitaire. Quelque chose l'intriguait chez Sam Irwin ; son visage lui semblait familier.

Étourdie par les tourbillons de neige, elle avançait péniblement contre le vent. Après des semaines passées à espérer des ciels radieux et un air pétillant, ce temps était tout à fait déprimant, mais la meilleure solution consistait à s'en accommoder. En tout cas, l'hôtel était confortable et la cuisine appétissante, même si l'entourage manquait nettement de brio intellectuel. Peut-être que, parmi les clients attendus ce jour-là, quelques personnalités tonifiantes viendraient égayer l'atmosphère. Pour l'instant, les perspectives sportives étaient réduites ; Liz n'aimait pas progresser à tâtons sur les pentes alpestres dans un blizzard aveuglant. Jusqu'à présent, elle avait skié quelques heures tous les jours, mais, ce matin, elle s'était rebellée devant la perspective offerte par l'école de ski : deux heures de descente à une allure d'escargot sur la piste blanche, avec arrêts obligatoires tous les cents mètres pour exécuter des exercices assommants. Skieuse de force moyenne, elle n'était pas rapide mais elle avait néanmoins horreur de la discipline imposée par les moniteurs. Moins expérimentée qu'elle, Sue n'avait pas assez de cran pour quitter l'aile protectrice du moniteur, si bien que, faute de partenaire, Liz avait été contrainte de se joindre à un cours de ski.

Parvenue au bas du télésiège, elle contempla un bon moment les braves qui prenaient le départ vers les pistes d'Obergreutz. Il y avait une file d'attente car les groupes d'élèves attendaient impatiemment leur tour et bousculaient tout le monde pour rester ensemble. Liz distingua Bernard au milieu d'un groupe, le vit s'installer sur un siège et s'élever dans les airs. Personne ne manifestait la moindre crainte avant l'embarquement. Si elle voulait profiter de la fin de ses vacances d'hiver et de celles qui suivraient, il lui fallait vaincre son appréhension à l'égard de ce mode de transport.

Elle prit place dans la queue.

Parvenue au sommet – tout compte fait, elle était bien aussi brave que les autres –, Liz suivit la foule qui s'engouffrait dans le restaurant surplombant la plateforme. Il était brillamment éclairé, il y faisait très chaud et, quelques minutes plus tard, un grog entre les mains, elle se réchauffait agréablement.

Animé d'un perpétuel va-et-vient, l'endroit grouillait de monde ; les skieurs intrépides faisaient la navette plusieurs fois dans la journée. Liz observait par la fenêtre les vrais mordus qui grimpaient pour prendre leur tour devant le double remonte-pente. La veille, quand la couche de neige était encore peu épaisse, elle s'y était aventurée en compagnie de Jan Van Hutter, grand et joyeux Hollandais de son école de ski, dont la taille et le poids avaient fait plier l'ancre de façon alarmante.

Liz venait de commander un second grog lorsque Francis Whittaker entra dans le restaurant. Sitôt la porte franchie, il retira son bonnet de laine noir et passa la main dans ses cheveux grisonnants, tout en faisant des yeux le tour des lieux et des gens. Il reconnut Liz et vint vers elle.

– Salut ! Puis-je m'asseoir à votre table ? demanda-t-il en s'installant sans plus attendre. Déprimant, non ? Et cette neige humide s'infiltre partout.

La neige qui s'était prise dans ses cheveux et ses sourcils fondait rapidement et dégoulinait le long de ses joues. Il s'épongea le visage avec un grand mouchoir de soie.

– Et ça ne s'améliore pas, dit Liz, après un coup d'œil par la fenêtre.

– Je dirais même que ça empire ; il fait tellement doux. On va bientôt fermer les pistes. Regardez ! Ils sont déjà en train d'arrêter le remonte-pente.

De toute évidence, on empêchait les skieurs

d'emprunter l'appareil en amont de la pente et il serait arrêté sitôt que les deux derniers partants auraient atteint le sommet.

– Allez-vous redescendre seule ? s'enquit Francis.

– Oui, mais par le télésiège. Aujourd'hui, je triche, je ne skie pas, répondit Liz. Je suis juste venue pour la traversée et maintenant je puise du courage dans mon verre avant de risquer à nouveau de me casser le cou.

– Si vous n'aimez pas le télésiège, qu'est-ce qui a bien pu vous pousser à monter ici un jour pareil ? demanda Francis. Vous auriez dû attendre le beau temps.

– Alors, il aurait fallu que j'attende jusqu'à l'hiver prochain, dit Liz. J'espérais que la familiarité engendrerait le mépris du danger, selon la formule consacrée.

– Est-ce le cas ?

– Non. Et je doute qu'il en soit jamais ainsi.

– C'est un moyen de transport parfaitement sûr.

– Oh ! je sais. Mais je n'aime pas l'impression d'être désincarnée. Je comprendrais tout à fait qu'une personne voyageant là-haut perde complètement les pédales et se jette dans le vide.

– En voilà des idées macabres, protesta Francis.

– Je me demande encore pourquoi Sue et moi n'avons pas choisi un endroit où l'on escalade les montagnes en téléphérique, gémit Liz qui, de sa place, voyait la cabine rouge prête à descendre dans la vallée dans la direction de Kramms. Si je rentre par le téléphérique, je crains d'avoir une longue marche à pied à faire entre Kramms et Greutz.

– Vous pourriez peut-être prendre un taxi. Mais il est possible que la route soit bloquée, dit Francis. Et l'avion ? Est-ce que vous détestez aussi l'avion ?

– Non, curieusement, je ne déteste pas l'avion. Tout à fait illogique, je le reconnais. Bien sûr, dans un avion, on se sent à l'abri. C'est tout différent d'être exposé aux éléments, retenu par une simple barre de métal sous laquelle on risque de glisser.

– Étant donné votre gabarit, je reconnais que vous le pourriez. Pour moi, une fois que je suis attaché, je me sens très à l'aise dans ces sièges. J'apprécie énormément. La traversée est tellement paisible et, quand il fait beau, c'est glorieux. Rien que les montagnes et le ciel. Et pas un humain en vue, excepté le type dans le siège devant vous.

– Si nous avions un peu de beau temps, je pourrais devenir plus brave, dit Liz.

Son second grog arriva et Francis en commanda un.

– Quel que soit le moyen par lequel on compte redescendre, vive le grog, dit-il en la regardant verser le sucre dans son verre brûlant. Les affaires doivent marcher ici aujourd'hui ; personne ne semble pressé de redescendre.

– Le restaurant appartient-il aussi à la famille Scholler ? J'ai l'impression que presque toute la station est à elle.

– Non, il est tenu par des gens de Kramms, dit Francis.

– Ce doit être plutôt sinistre de se retrouver seul ici quand aucun des remonte-pentes ne fonctionne et que la neige tombe dru.

– Horrible. En fait, je crois que le personnel redescend à Kramms presque tous les soirs. Il ne passe la nuit à Obergreutz que si le mauvais temps bloque tout.

– Alors je crains que ça ne lui arrive souvent, fit observer Liz d'un ton lugubre.

Plusieurs personnes avaient salué Francis en entrant

et il leur avait répondu en allemand. Liz en conclut qu'il était un vieil habitué de Greutz et ne put lui dissimuler longtemps qu'elle ne comprenait rien à leurs échanges.

– Désolé d'être si grossier ! s'écria-t-il. Vous ne parlez pas du tout l'allemand ?

– Non, juste quelques mots, répondit Liz. Vous, en revanche, vous le parlez couramment.

– Je l'ai appris pendant la guerre, dit Francis.

– Vous étiez en Allemagne ?

– J'étais prisonnier. Mais je me suis débrouillé pour m'évader au bout de deux ans.

– Vous avez dû connaître pas mal d'aventures.

– C'est vrai. Mais je suis aussi resté longtemps caché. C'est de beaucoup ce qu'il y a de plus éprouvant.

– En France ?

– Non, en Autriche. Pas loin d'ici. C'est à ce moment-là que j'ai appris à skier.

– Et vous avez gagné la Suisse ?

– Oui, à la fin.

Francis termina son grog avant de reprendre.

– Tout ça est bien loin, maintenant. Tenez, regardez : c'est le type qui est à votre table. Je ne sais pas son nom, fit-il en désignant la porte.

Apparemment, il souhaitait changer de sujet. Liz, qui aurait aimé entendre le récit de ses exploits guerriers, se tourna docilement vers l'endroit désigné et reconnut Bernard Walker qui entrait dans le restaurant à la suite d'un groupe de skieurs. Il clignotait des yeux derrière ses lunettes brusquement embuées.

– Est-ce un de vos amis ? demanda Francis.

– Non, mais nous avons fait le voyage ensemble et l'on nous a mis à la même table pour les repas, dit Liz. Je suis venue avec Sue.

– Je vois. C'est quelquefois difficile de comprendre quelles sont les relations entre les personnes lorsque l'on se trouve en marge d'un groupe, dit Francis.

– Parfois, ça l'est aussi quand on est au cœur du groupe, répliqua vivement Liz.

Il se mit à rire.

Parmi les gens arrivés à Greutz sous les auspices de Hickson's Holidays le week-end précédent, seuls les Whittaker prenaient leurs repas à une table séparée ; manifestement à leur demande. Tous les autres avaient été placés d'office à une grande table d'hôtes.

– Bernard est un drôle d'individu, reprit Liz, un solitaire. Il semble incapable de rester tranquille à un endroit donné le temps d'une conversation.

– En montagne, c'est un vrai masochiste, dit Francis. Il semble qu'il fasse partie d'un cours, maintenant. Mais j'ai remarqué qu'en fin de matinée et l'après-midi, il fait toujours une descente de plus que les autres.

– Le meilleur moyen pour se casser une jambe, dit Liz. Une course de plus quand on est fatigué, c'est la recette miracle pour se rompre les os.

– Mon Dieu, que vous êtes pessimiste ! s'exclama Francis. Mais vous avez raison. J'y ajoute une autre recette : quitter la piste quand la neige est profonde.

Il termina son verre et regarda par la fenêtre.

– Nous ferions bien de filer tout de suite, dit-il. S'il se met à neiger comme ça, ils ne vont pas tarder à arrêter le télésiège et nous aurons des problèmes.

– Miséricorde ! Quelle horreur ! s'écria Liz qui scruta le ciel, le regard lourd d'appréhension. Je dois être complètement folle d'être montée ici !

Elle enfila son anorak.

– Vous serez bientôt saine et sauve dans Greutz

assiégé par la neige. Tâchez de penser à quelque chose d'agréable pendant le trajet en télésiège, conseilla-t-il.

– Quel genre de chose ? demanda Liz en souriant. Un concerto de Mozart ?

– Je penserais plutôt à quelque chose de moins exaltant. Comme un troisième grog brûlant, répondit Francis.

Une fois en sécurité dans les rues du village, Liz réfléchit à cette rencontre, interlude plaisant au cours de cette morne journée. Quel dommage que Francis ait amené sa femme à Greutz, songea-t-elle distraitement ; beaucoup d'hommes laissent à la maison leur partenaire non skieuse. Une aimable aventure aurait agrémenté le siège que la neige leur préparait insidieusement, le seul ennui étant, selon son expérience, la difficulté de contenir ce genre d'aventure dans de strictes limites temporelles. Ça ne valait tout simplement pas la peine de se lancer dans une histoire qui s'achèverait dans huit jours ; comme Bernard, mais pour des raisons différentes, Liz répugnait à prendre ce risque. Contrairement à Sue qui fonçait toujours tête baissée et qui en ce moment même, au bout d'une semaine à Greutz, commençait à désespérer parce qu'aucune occasion ne s'était présentée à elle. « Tes charmes déclinent », lui avait dit un peu méchamment Liz, qui redoutait les foucades sentimentales de son amie, lesquelles s'achevaient immanquablement dans des larmes qu'il lui revenait d'éponger.

Liz se demandait parfois pourquoi Sue et elle passaient leurs vacances ensemble. Leur amitié s'était nouée au collège puis, après le naufrage de son mariage, Liz avait été heureuse de retrouver Sue, sa gentillesse et sa gaieté. Mais à présent, Liz menait une vie rangée, délibérément taillée sur mesure pour la tenir à l'abri des risques affectifs. Il était rare qu'elle reconnût sa solitude et elle réprouvait les complications sentimentales auxquelles Sue se laissait aller ; de son côté, Sue s'irritait de ce qu'elle appelait « l'attitude orgueilleuse » de Liz. Mais les amitiés écloses au cours de la jeunesse ont la vie tenace et perdurent en dépit des évolutions divergentes.

Si la neige continuait à tomber ainsi, la situation deviendrait critique. Il n'y avait à rien à faire dans une station comme Greutz, si ce n'était skier. Une compagnie plus stimulante aurait été la bienvenue. À part Francis Whittaker, Liz n'avait rencontré personne de tant soit peu intéressant. Penny, l'accompagnatrice, était une gentille fille, absorbée par sa vie mondaine une fois qu'elle en avait terminé avec les exigences de ses clients ; Fiona, la disc-jokey, était le genre de jeune femme que, pour rien au monde, elle n'aurait introduite dans son bureau. Barbara Whittaker éprouvait pour ses sœurs moins bien loties le mépris condescendant de la femme qui a fait un beau mariage. Frau Hiller, en revanche, semblait sympathique ; Liz l'avait entendue rire et elle avait aimé ce rire sincère et chaleureux. Elle parlait un peu l'anglais mais Liz n'avait jamais eu l'occasion de discuter avec elle : quand Frau Hiller n'était pas avec les Whittaker, elle passait, semblait-il, l'essentiel de son temps dans sa chambre. La plupart des autres clients de l'hôtel parlaient l'allemand mais Liz ignorait en fait s'ils étaient allemands, suisses ou autrichiens ; ils formaient des groupes de quatre à six personnes qui se suffisaient à elles-mêmes. Liz n'était pas loin d'être aussi déçue que Sue par Bernard et par Sam, mais elle avait déjà rencontré des hommes pour qui le célibat était un choix délibéré. Elle pensait que c'était leur cas à tous deux.

Liz réussit à occuper une demi-heure en entrant systématiquement dans tous les magasins de la rue principale. Puis elle décida d'aller visiter l'église. Elle pourrait même en faire le tour, ce qui lui permettrait de voir les chalets à colombage qui donnaient sur le chevet, puis de revenir par l'allée piétonne. Elle quitta donc la rue principale pour remonter celle de l'église où la neige était plus profonde car peu de gens y passaient. Des traces de pneus attestaient la persistance d'une circulation réduite et une petite Volkswagen la doubla dans un tintement de chaînes. Le prêtre sortit de l'église alors que Liz en approchait; il portait un bonnet tricoté, comme les skieurs, et une longue barbe grise s'étalait sur sa soutane brune.

Un léger parfum d'encens flottait dans l'édifice; des cierges brûlaient devant un autel latéral et une Vierge à l'Enfant en bois polychrome dominait le chœur. Pour le reste, avec ses murs lisses, passés à la chaux, l'église était étonnamment dépouillée. Il y avait peu de choses pour retenir Liz qui examina les rares inscriptions, glissa quelques pièces dans le tronc et referma soigneusement la porte en partant. Épaisse et lisse, la neige avait enseveli le cimetière. Que se passerait-il, pensa Liz, si quelqu'un venait à mourir et qu'il fallait l'enterrer? Creuser une tombe serait une entreprise ardue.

Repoussant cette idée, elle reprit sa marche le long de l'étroite allée. L'endroit était tranquille; personne ne se promenait dans cette partie du village. En contrebas, l'on voyait quelques silhouettes glisser sur les pistes pour débutants où les deux petits remonte-pentes fonctionnaient; mais le télésiège était à l'arrêt. De lourds nuages porteurs de neige coiffaient la montagne silencieuse et menaçante. L'air était doux et la neige collait à ses bottes. Comme en Angleterre.

Liz arriva au dernier chalet devant lequel était garée la Volkswagen qui l'avait doublée un peu plus tôt. Elle s'apprêtait à rebrousser chemin quand un homme sortit de la maison et ouvrit les portes du garage attenant. Puis il se dirigea vers la voiture pour la rentrer. Il était grand et costaud, portait des lunettes à grosse monture et des flocons parsemaient ses cheveux raides et sombres.

Malgré le rideau de neige, Liz le reconnut instantanément.

– Patrick ! cria-t-elle, abasourdie.

L'homme se retourna pour la regarder. Il distingua une petite silhouette emmitouflée dans un anorak ; le capuchon et les lunettes de verre fumé, qui mangeaient la tache pâle et indistincte du visage, rendaient l'identification impossible.

– Que diable fais-tu ici ? reprit Liz.

Ces derniers mots l'aidèrent à résoudre l'énigme.

– Liz ! Ma chère vieille Liz ! s'exclama Patrick Grant.

Plantant là sa voiture, il l'étreignit tendrement et posa un baiser sur ses lèvres qui avaient le goût de neige.

– Je ne t'ai pas reconnue dans ton équipement polaire, dit-il. Entre, je t'en prie. Entre et raconte-moi tout.

– Tu ne crois pas que tu ferais mieux de terminer ce que tu as commencé ? demanda-t-elle un peu rudement.

– Quoi donc ? Ah ! la voiture, tu veux dire ? Ça peut attendre, répondit Patrick.

– Dans un moment, tu ne pourras plus la bouger. À moins de t'armer d'une pelle.

– Tu as peut-être raison.

– Allez, Patrick, décide-toi. Rentre cette voiture. Je ne vais pas m'évaporer, dit Liz.

– Je n'en suis pas si sûr. Ce ne serait pas la première fois, répliqua Patrick.

Mais il monta dans la voiture et la rentra dans le garage dont il referma les portes. Liz attendait sous le porche. Il la rejoignit, saisit une de ses mains gantées et la fit entrer dans le chalet.

– On est en plein trimestre, non ? As-tu démissionné de ton collège d'Oxford ? demanda Liz.

– Non, je dois donner une conférence à Innsbruck jeudi et Max Klocker m'a invité à passer le week-end chez lui. C'est son ermitage montagnard, loin des soucis de l'université, dit Patrick. Nous rentrons à l'instant de Kramms où nous sommes allés voir un de ses copains, un vieux pianiste passionnant, un vrai virtuose. Nous avions très envie d'y aller à ski mais il fait vraiment trop mauvais.

Il frappa des pieds sur le seuil de la porte pour détacher la neige de ses bottes et aida Liz à retirer son anorak. Du fond de la maison, un homme petit et trapu s'avançait vers eux ; il avait une barbe grise fournie et ses yeux bruns pétillaient derrière de grosses lunettes.

– Encore une lady intrépide que notre climat n'a pas rebutée, hein, Patrick ? plaisanta-t-il.

Patrick procéda aux présentations :

– Mrs Morris, Professeur Klocker. Liz était à Somerville quand j'étais étudiant, Max.

– Ah ! Ah ! Vous avez fait vos études ensemble ?

– Oui, dit Liz, pendant un moment.

Pendant un moment... Jusqu'à ce qu'elle se fût lassée d'attendre indéfiniment Patrick sur le bord de la rivière en le regardant donner la nage au huit[1] de son collège à Oxford. Pour lui infliger une leçon, elle avait

1. Chaque canot de course est dirigé par un barreur, ou chef de nage, qui donne le rythme avec huit rameurs et obtient, par la régularité et la force de son cri, la cadence accélérée et victorieuse. (*N.d.T.*)

accepté de sortir avec Geoffrey Morris, diplômé en économie. Patrick avait paru insensible à cette défection ; Liz avait épousé Geoffrey et ils étaient partis pour Toronto. Après cinq années de mésentente croissante, ils s'étaient séparés ; Geoffrey s'était établi en Amérique du Sud. En temps voulu, ils avaient divorcé. De retour en Angleterre, Liz travaillait à présent dans une maison d'édition comme directrice de collection. Elle avait revu Patrick lors d'un séjour à Oxford où il avait été nommé professeur au St Mark's College et, plus tard, doyen. Depuis, ils se rencontraient de temps à autre ; lorsque Patrick venait à Londres et qu'il avait un peu de temps, il téléphonait à Liz, l'invitait quelque part, lui témoignant la même affection distraite qu'au temps de leurs études. Après une période de regrets nostalgiques, Liz avait appris à user envers lui d'une attitude également désinvolte. Elle ne l'avait pas revu depuis des mois.

– Helga ! Helga ! Nous avons une invitée ! Du thé ! cria le professeur qui s'éloigna d'un air affairé vers les profondeurs du chalet.

Liz retira ses bottes et les rangea dans un coin de l'entrée ; mieux valait une invitée en chaussettes que des mares de neige fondue sur le parquet du professeur.

– Tu ne changes pas, fit remarquer Patrick d'un ton satisfait tout en l'examinant.

– Mes cheveux n'ont pas grisonné brusquement depuis notre dernière rencontre, si c'est ça que tu veux dire, répondit-elle d'un ton acerbe.

Lors de cette dernière rencontre, elle avait pris un après-midi de congé pour aller voir avec lui un film français ; la séance terminée, il l'avait lâchée dans Oxford Street, pour se ruer à Paddington et attraper son train : on donnait au Mark's College une réception qu'il n'avait pas l'intention de manquer.

– Entrez, Mrs Morris, entrez, dit le professeur qui revenait vers eux et, d'un geste accueillant de bon pasteur, désignait l'entrée de son bureau. Les pires intempéries ne sauraient abattre une lady.

– Celles-ci ne sauraient tarder, dit Liz qui ne semblait pas le moins du monde abattue.

– Helga nous prépare le thé, dit le professeur Klocker. Avec du rhum et du citron. Je crois que vous apprécierez.

Le bureau du professeur était une pièce attrayante. Des livres par centaines tapissaient les murs de bois et de profonds fauteuils de cuir flanquaient la cheminée où le feu crépitait. Bouquins et papiers s'empilaient sur le bureau et à même le parquet.

– Cela me rappelle ton appartement de Mark's, dit Liz à Patrick.

– Comprenez, Max, que votre bureau donne une impression d'extrême désordre, commenta Patrick. Le livre roi…

– Ma négligence met Helga dans tous ses états, gloussa le professeur.

Une personne rebondie, portant un plateau chargé de trois verres de thé fumant, fit son apparition. Elle posa son fardeau puis extirpa des profondeurs de la poche de son tablier une paire de chaussons en peau de chèvre qu'elle tendit à Liz en souriant. Après son départ, le professeur sortit une bouteille de rhum d'une armoire près de la cheminée et en versa une bonne rasade dans chacun des trois verres.

– Helga n'aurait pas été si généreuse, confia-t-il avec un clin d'œil entendu.

Lorsque Liz quitta le chalet, il était trop tard pour retrouver Sue au Ferdy's. Patrick la raccompagna jusqu'au Gentiana. La couche de neige avait augmenté de plusieurs centimètres pendant la halte au chalet.

– Viens prendre un verre, proposa Liz quand ils arrivèrent à l'hôtel. Sue est sûrement dans notre chambre. Grâce au duty free shop de Gatwick, nous avons une bonne provision de carburant.

Patrick la suivit dans l'escalier qui grinçait et attendit sur le palier, devant la porte de la chambre. Liz tenait à s'assurer que Sue était dans une tenue appropriée.

– Regarde qui est là, dit Liz en s'effaçant et faisant signe à Patrick d'entrer.

– Patrick ! s'écria Sue. Quel bonheur ! Mais ce n'est pas possible ! Pourquoi n'avoir pas dit que tu étais là ?

– Profite de lui au maximum, recommanda Liz. Il doit partir demain. Mais il revient ici ce soir après le dîner, en compagnie d'un superbe professeur barbu.

Après le départ de Patrick, Sue considéra pensivement son amie :

– Je n'ai jamais réussi à comprendre pourquoi tu ne l'as pas épousé plutôt que cette nullité de Geoffrey, dit-elle.

– Parce qu'il ne me l'a jamais proposé, répondit Liz. Tu le sais très bien, d'ailleurs. L'idée ne lui en est même jamais venue.

III

– Regarde, Liz, comme nous sommes gâtées ! murmura Sue d'un ton excédé. Les deux misogynes pour nous seules.

Avec un peu de retard, dû à la visite de Patrick, elle et Liz retrouvaient Bernard et Sam pour le dîner, à la table réservée aux clients de l'agence Hickson. Ils n'étaient que quatre ce soir-là : Penny et son nouveau contingent n'étaient pas encore arrivés et il n'y avait pas trace de Fiona. Il lui arrivait souvent de dîner au village avec l'une ou l'autre de ses nombreuses et fugitives conquêtes pour se précipiter ensuite à la discothèque juste avant que Frau Scholler ne quitte avec irritation la réception, indignée que la musique n'ait pas encore commencé.

Sam leva les yeux de son minestrone et fit mine de les saluer. Bernard les ignora et continua d'avaler son potage. À l'autre extrémité de la salle, Frau Hiller, seule à sa table, lisait *David Copperfield* en anglais ; elle inclina la tête et leur sourit. Francis et Barbara Whittaker en étaient au poulet ; Francis leva une main pour saluer Liz, qui lui répondit par un geste identique et fut contente de voir Barbara froncer les sourcils, agacée par cet échange innocent.

Dès qu'elle fut assise, Sue examina le niveau de la bouteille de vin posée sur leur table : elle était presque vide.

– C'est votre tour, Bernard, dit-elle sans préambule. Il ne reste pratiquement plus de vin.

Tous s'étaient mis d'accord au début de la semaine pour que chacun commande à son tour une bouteille de vin du pays que la table se partagerait. Liz et Sue avaient déjà payé les leurs et Sam en était à sa seconde contribution. Bernard buvait autant que les autres mais n'avait encore jamais déboursé.

Il regarda ce qu'il avait dans son verre.

– Oui, admit-il, c'est mon tour.

– Alors, commandez lorsque Else nous servira le minestrone. Nous avons soif, dit Sue d'un ton ferme.

Mais lorsque la serveuse apporta les deux assiettes de potage, Bernard ne broncha pas. Déterminée, Sue fit signe à la jeune fille d'attendre.

– Allez, Bernard, ordonna-t-elle.

Bernard comprit qu'il ne pourrait se dérober.

– *Der Wein, bitte*, dit-il.

Il désignait la bouteille sur la table, ce qui lui permit de ne pas regarder la jolie fille blonde dont on devinait les jeunes seins ronds sous le fin corsage blanc qui blousait au-dessus du corselet de son costume traditionnel.

– *Bitte schön*, répondit Else avec un sourire.

Sue et Liz s'étaient vite aperçues que Bernard ne manifestait nul empressement lorsqu'il s'agissait de régler sa part des commandes passées pour tout le groupe. À deux reprises, au Ferdy's, il avait laissé les autres payer son café et son gâteau, sous prétexte qu'il devait partir en vitesse. La première fois, personne n'avait rien dit mais, après le second incident, ceux qui payaient scrupuleusement leur dû avaient décidé qu'il ne les y reprendrait plus.

La bouteille arriva, tous les verres furent remplis et Liz s'émut de la situation de Bernard qui mangeait son poulet frit avec des haricots, le visage plus maussade que jamais.

– Irez-vous à la discothèque, Bernard? demanda-t-elle.

C'était peu probable; les quelques fois où il y était descendu, il avait jeté un regard contraint avant de s'enfuir comme s'il avait le diable aux trousses. Personne ne l'avait jamais vu danser.

– Je ne sais pas. Je dois rencontrer quelqu'un après le dîner, dit-il d'un ton bourru.

– On peut savoir le nom de la belle? s'enquit Sue.

Bernard ne répondit pas. Il mâchait méthodiquement, les yeux rivés sur son assiette.

Sue leva les sourcils et fit une tentative du côté de Sam. Il répondait toujours quand on lui adressait la parole, bien qu'il n'entamât jamais une conversation. Il était allé plusieurs fois à la discothèque où, sans danser, il avait semblé heureux de se trouver en compagnie et de regarder les danseurs.

– Et vous, Sam ? demanda Sue.

– J'ai rendez-vous avec les Whittaker. J'espère que nous descendrons ensemble, dit-il.

– Bravo. Nous devons retrouver deux amis de Liz, après le dîner, l'informa Sue. Deux professeurs. Nous les amènerons.

– Vous croyez qu'ils aiment danser ? demanda Sam sur un ton qui disait que lui-même n'y croyait pas trop.

– Mais bien sûr ! La plupart des gens adorent danser, assura Sue.

Elle avait passé plusieurs soirées au night-club, assise près de Sam, à boire de la bière et à multiplier les allusions, attendant vainement qu'il la conduisît sur la piste.

Lorsqu'elle avait lancé l'idée que Patrick et le professeur Klocker pourraient venir au Gentiana après le dîner, Liz n'avait pas l'intention de les entraîner au night-club, bien que le professeur parût désireux d'initier Patrick à la vie nocturne de Greutz.

– Je suis sûre que le professeur Klocker danse superbement, dit-elle néanmoins.

Elle essaya de l'imaginer en train de valser et lui attribua d'autorité un style majestueux.

– Alors, peut-être que l'on pourrait se retrouver tous ensemble quand vos amis arriveront, proposa Sam contre toute attente.

– Mais bien sûr, quelle bonne idée ! s'exclama Sue spontanément.

Il se leva pour rejoindre les Whittaker, bientôt suivi de Bernard qui s'éclipsa silencieusement. Elles étaient seules.

– Du côté de Sam, c'est le début du dégel ! annonça joyeusement Sue en levant son verre.

– Sue, tu es indécrottable ! soupira Liz. Il se sent en sécurité dans la mesure où tu lui as dit que nous amenions deux amis. Il n'empêche que toi et moi lui inspirons une peur bleue.

– Je ne vois vraiment pas pourquoi, dit Sue d'un ton affable.

Résolue à profiter au maximum de l'humeur conciliante de Sam, Sue fila vers la cave dans son sillage. Liz attendit au salon l'arrivée de Patrick et du professeur Klocker. Déjà, les battements rythmiques de la musique montaient de la discothèque et, quand les deux hommes apparurent, elle expliqua que ses amis les attendaient au night-club.

– C'est dans la cave et c'est très bruyant, je vous préviens, dit-elle en guettant d'un œil inquiet la réaction du professeur Klocker.

– Qu'en dites-vous, Max ? demanda Patrick.

– C'est très aimable de la part de vos amis, Mrs Morris, répondit le professeur. Je n'ai jamais mis les pieds dans ce night-club. Le Silvretta est plus proche de chez moi et c'est là que j'emmène mes invités. Je serai ravi de voir ce que le Gentiana peut nous offrir et je parie que Patrick brûle d'envie de valser avec vous.

Grâce au ciel, il se trouve encore des hommes courtois, se dit Liz soulagée. Elle s'abstint cependant de regarder Patrick dont elle connaissait l'aptitude remarquable à dissimuler son irritation. Il ferait au moins danser Sue, ce qui embellirait la soirée de son amie.

Elle les précéda dans la cave, dont les murs étaient tapissés de papier brun, à fines rayures dorées, et l'éclairage presque entièrement assuré par des bougies. Le décorateur avait fait au mieux pour transformer la cave en caverne.

Sue, Sam et les Whittaker s'étaient installés à une longue table, aussi loin que possible des baffles. Frau Hiller était avec eux, un peu déconcertée par le spectacle. Trônant derrière son appareil, Fiona se trémoussait au rythme de la musique. Elle portait une combinaison-pantalon pourpre et un énorme nœud assorti retenait en arrière ses cheveux roux. Ses lèvres peintes en pourpre accentuaient la pâleur de son visage. Elle avait l'air épuisée.

Liz présenta le professeur Klocker et Patrick à la colonie anglaise. Pour la première fois, elle vit s'animer la nonchalante Barbara Whittaker qui tapota la banquette auprès d'elle pour inviter Patrick à y prendre place. La conversation démarra aussitôt entre ces deux-là. Liz entendit Patrick protester avec enjouement :

– Non, pas en médecine. J'enseigne la littérature anglaise.

Francis avait fait signe au serveur. Barbara commanda du cognac ; tous les autres, y compris Frau Hiller, préféraient la bière.

– Est-ce qu'il neige toujours, professeur ? demanda Liz.

– Hélas oui. C'est bien malheureux pour les amateurs de ski, répondit-il. Et la température monte encore, ce qui est très mauvais signe. Je crains que Patrick ne puisse partir demain.

Il parlait admirablement l'anglais, sans le moindre accent.

Liz accueillit la nouvelle avec ravissement. La présence de Patrick à Greutz donnerait un attrait inespéré au séjour mais, évidemment, se trouver coincé dans les Alpes en plein trimestre ne faisait sûrement pas son affaire.

– Pensez-vous que l'on va fermer le col, professeur ? demanda Frau Hiller.

– Je pense qu'il l'est déjà. Et si la neige continue à tomber aussi fort, il y aura d'autres problèmes.

– Vous pensez aux avalanches ? questionna Liz. Hier déjà, j'ai entendu un grondement au loin.

– Probablement une avalanche provoquée, répondit le professeur. La route au-dessus de Greutz est souvent bloquée, bien qu'elle soit d'habitude très rapidement dégagée. Quoi qu'il en soit, ne vous inquiétez pas, Mrs Morris. Cela fait des lustres que le village n'a pas subi d'avalanches.

– Oh, je n'ai pas peur, assura Liz en détournant les yeux du couple Barbara-Patrick qui se déhanchaient très dignement sur la piste.

Elle pouffa silencieusement en imaginant les étudiants du Dr Grant ou, mieux encore, ses collègues, confrontés à ce spectacle.

– Je me demandais simplement, reprit-elle, si les nouveaux vacanciers qui doivent arriver d'Angleterre aujourd'hui vont parvenir à destination. Penny Croft, l'accompagnatrice de l'agence, est allée à leur rencontre à Zurich. Qu'arrivera-t-il s'ils ne peuvent pas passer ?

– Ils trouveront des chambres dans la vallée, dit le professeur Klocker. Le chauffeur de l'autocar téléphonera en amont pour savoir si la route est praticable et, si elle ne l'est pas, il y aura un barrage au pied de la montagne. Nous ne laissons pas les voyageurs rouler vers les hauteurs pour s'apercevoir que la route est bloquée à l'autre bout.

– Vous avez l'habitude de faire face à ce type de vicissitudes, en conclut Frau Hiller.

Elle parlait l'anglais lentement; son accent était pesant et son vocabulaire académique, comme si elle l'avait acquis en lisant des romans victoriens. Néanmoins, elle comprenait sans effort apparent les échanges rapides des anglophones.

– Nous tenons beaucoup à notre réputation, dit le professeur dont les yeux pétillaient.

– S'ils ne peuvent skier, beaucoup de vacanciers repartiront déçus et mécontents, fit observer Liz.

– Et d'autant plus amers que ce temps est en soi préjudiciable à l'humeur, dit gravement le professeur. Les basses pressions barométriques sont énervantes. Et quand on dépense de l'argent pour des vacances que l'on imagine grisantes et ensoleillées, il est frustrant de jouer au bridge, enfermé dans un salon d'hôtel. Est-ce votre cas, Mrs Morris ?

– Non, je ne suis pas bridgeuse. Autrefois, je jouais, mais j'ai délibérément désappris. On y passe trop de temps, dit Liz. Dès que l'on sait que vous jouez, vous êtes requis d'autorité pour faire le quatrième. Mais Frau Hiller, les Whittaker et Sam Irwin jouent tous les quatre. Et tous logent sous le même toit

– C'est bien commode, dit le professeur qui se tourna de côté pour mieux voir la piste. Étonnant, vous ne trouvez pas, la vogue de cette musique assourdissante ? Et si peu romantique.

– Je dirais même primitive, acquiesça Liz. Le tam-tam de la jungle tropicale. Plus personne aujourd'hui ne semble se soucier de subtilité.

– Quel dommage, dit le professeur. Dites-moi, la jeune femme en rouge qui préside au tam-tam est-elle vraiment indispensable ?

– Il faut bien que quelqu'un change les disques, répondit Liz. Et elle est très décorative.

– Qui est décorative ? demanda Patrick.

La danse avec Barbara était terminée et il souhaitait lier conversation avec quelqu'un d'autre.

– Fiona, la disc-jockey, répondit Liz.

– Trop maigre, laissa tomber Patrick après un rapide examen.

Prêtresse païenne de son autel moderne, Fiona était entourée de plusieurs acolytes, des jeunes gens en pantalon moulant et en polo qui bavardaient avec elle, fouillaient dans les piles de disques et, de temps à autre, lui passaient le bras autour des épaules. Apparemment insensible à leurs hommages, elle abandonnait parfois son appareil pour danser avec un de ses admirateurs ou prendre un verre avec un autre.

Patrick observait la salle.

– Liz, dit-il, il semble qu'il y ait là-bas un de tes amis qui essaie d'attirer ton attention. Un gars de la race des géants…

À travers l'atmosphère enfumée, Liz distingua le colosse au visage rond, rouge et avenant qui lui faisait signe.

– C'est Jan Van Hutter, de Rotterdam, dit-elle en agitant la main. Il est dans mon cours de ski.

Jan approchait à grandes enjambées malgré l'entrelacs des tables. Il avait des yeux bleus et brillants, un sourire proportionné à sa stature.

– Elizabeth ! Ma lady préférée ! s'exclama-t-il en lui baisant la main.

– Asseyez-vous, dit Patrick qui se poussa pour lui faire de la place.

Liz n'avait pas aimé le sourire supérieur de Patrick devant les manières courtoises de Jan. Elle lui décocha un coup de pied sous la table ; ses escarpins étaient hélas trop souples pour lui entamer les tibias.

– Je ne voudrais pas m'imposer, dit Jan en s'asseyant.

– Je suis enchantée que vous soyez là, dit Liz. Voici mes amis. Sue, que vous connaissez déjà, je pense.

– Nous nous sommes croisés au Ferdy's plus d'une fois, dit Jan en souriant à Sue.

Liz poursuivit les présentations, en terminant par Patrick.

Pour le remettre à sa place, à supposer que la chose fût possible. Il réagit noblement à ce coup bas en appelant le serveur et en lui demandant des chopes pour toute la table.

– Elizabeth, pourquoi n'êtes-vous pas venue au cours ce matin ? demanda Jan accusateur.

– Je n'avais pas envie de me battre encore contre le blizzard. Je me suis offert un congé, dit Liz.

– Vous avez manqué mon triomphe, annonça Jan solennel. Je suis arrivé au sommet du Schneiderhorn sans tomber une seule fois du remonte-pente et j'ai descendu la piste blanche en faisant seulement dix chutes. Si vous ne m'aviez pas lâché, j'aurais sûrement fait encore mieux.

– J'admire votre constance, dit Liz.

Jan prenait de telles bûches et si fréquentes qu'elle s'attendait toujours à ce qu'il se brise un membre. Mais non ; il se relevait aussitôt, secoué de rire, s'ébrouait comme un ours et repartait pesamment.

– Elizabeth et moi avons eu une aventure hier sur le téléski, annonça-t-il à la cantonade.

– Nous sommes mal assortis, expliqua Liz. Jan est si grand qu'il fait pencher dangereusement l'ancre.

– Exact, fit Jan d'un ton piteux. Il vous faut un partenaire à votre format. A côté de la petite Elizabeth, je n'étais assis que sur une fesse.

Estimant que Liz avait tenu assez longtemps le devant de la scène, Sue intervint :

– Ne vous en faites pas, Jan. Je fais de rapides progrès sur les pentes pour débutants. Dès que je passerai dans une classe supérieure, je m'assiérai près de vous. Question poids, je surpasse Liz.

– Épatant, dit Jan en souriant. En attendant, m'accorderez-vous cette danse ?

Depuis le début de la soirée, les pieds de Sue battaient le plancher en cadence. Elle le précéda, rayonnante. Enlacés, ils formaient un beau couple.

– Allez, Liz, en piste, dit Patrick. Vous voulez bien nous excuser, Max ?

– Ton professeur me plaît, déclara Liz, une fois qu'ils se furent insérés au milieu des couples. Comment as-tu fait sa connaissance ?

– Nous avons correspondu pendant des années. Il collabore à diverses revues qui m'intéressent et fait autorité en matière de drame élisabéthain. Jeune homme, il a travaillé un certain temps à Cambridge. Nous nous sommes rencontrés pour la première fois au cours d'un séminaire à Stockholm, il y a deux ans.

– Quel était le thème de ton exposé ?

– En gros, le sentiment de culpabilité dans l'œuvre de Shakespeare, dit Patrick. Mais j'ai un peu débordé le sujet.

– Il me semble pourtant qu'il est en soi inépuisable, dit Liz. Les insomnies de Lady Macbeth, les fantômes et ainsi de suite.

– Oui, encore que les fantômes soient souvent des avertissements, dit Patrick. Comme celui du père de Hamlet. L'étude des signes et des présages est aussi captivante.

– C'est vraiment curieux qu'Irwin soit avec vous, ajouta-t-il d'un ton rêveur.

– Qu'est-ce que tu veux dire ? Je ne vois pas le rapport.

– Tu ne te rappelles pas son Mercutio[1] ? Évidem-

1. Mercutio : parent du prince de Vérone et ami de Roméo dans *Roméo et Juliette* (1593). *(N.d.T.)*

ment, il y a des années de ça et peut-être étais-tu alors au Canada.

– Tu veux dire que Sam est acteur ? Il nous a dit qu'il travaillait dans la publicité.

– Exact. Figuration dans des spots publicitaires, interviews de ménagères sur leurs préférences en matière de lessive.

– Ne me dis pas que tu regardes la télévision, Patrick !

– Pas souvent. Mais quelquefois, chez les autres, on ne peut pas y couper. J'adore aussi regarder mes collègues quand ils se produisent sur les écrans.

– Je comprends maintenant pourquoi j'avais l'impression de connaître Sam. J'ai dû le voir sur le petit écran.

– Je pensais qu'il irait loin, dit Patrick. Il avait créé un Mercutio d'une merveilleuse complexité et un Shylock[1] modéré, plein de compassion.

– Shylock ? De la compassion ?

– « Si vous nous piquez, est-ce que nous ne saignons pas[2] ? », cita Patrick. Et rappelle-toi l'affaire de Jessica[3] et de la bague.

– C'était la bague qu'il tenait à tout prix à récupérer, bien plus que sa fille.

– « ...c'était ma turquoise. Je l'avais eue de Lia quand j'étais garçon ; je ne l'aurais pas donnée pour une forêt de singes[4] », récita de nouveau Patrick.

– Compassion ou pas, pourquoi Sam a-t-il quitté la scène ?

– Je ne me rappelle pas le détail ; un litige à propos

1. Shylock : Juif dans *Le Marchand de Venise* (1598).
2. *Le Marchand de Venise*, acte III, scène 1.
3. Fille de Shylock dans *Le Marchand de Venise.*
4. *Le Marchand de Venise*, acte III, scène 1. *(N.d.T.)*

d'un contrat, je crois. Il est tombé en disgrâce et dans les oubliettes.

– Alors, il ne fait plus que de la pub ?

– Peut-être des petits bouts de rôle, je ne sais pas.

– Quelle triste histoire, dit Liz. Je vais essayer d'être un peu plus sympa avec lui. Il a l'air totalement désarmé mais il est aussi distrait que distant. Il est très ami avec les Whittaker qui sont distants, eux aussi ; elle, du moins. Je doute qu'elle apprécie les voyages organisés ; ça lui coûte de devoir frayer avec le menu fretin que nous sommes. En vous amenant, toi et le professeur, peut-être vais-je trouver grâce à ses yeux.

– Ne t'en fais donc pas pour ça, sourit Patrick. Et le mari ?

– Francis ? Très sympathique, répondit Liz désinvolte. Pas du tout snobinard. J'ai l'impression qu'il aimerait se mêler davantage au groupe. Mais on ne le voit pas de la journée ; elle ne skie pas mais lui est très fort.

– Curieux qu'ils aient choisi ce genre de vacances.

– D'après lui, elle aime lézarder au soleil et jouer au bridge.

– Tu es dans la confidence, je vois !

Liz lui jeta un regard méprisant.

– Nous avons pris un grog ensemble à Obergreutz, dit-elle froidement. Francis a appris à skier pendant la guerre. Il avait été fait prisonnier et s'est évadé.

– Vraiment ? Intéressant, commenta Patrick. Tu sais ce qu'il fait ?

– Absolument pas. On essaie de deviner et on parie ?

– D'accord. La perdante achète deux entrées à l'Old Vic. C'est elle qui choisit la pièce, dit Patrick.

– C'est lui qui choisit, corrigea Liz. Laisse-moi réfléchir... Peut-être une profession libérale. Il n'est pas médecin, il n'est pas enseignant, sinon il ne serait pas ici en ce moment... Peut-être avocat mais je n'en jurerais pas. En tout cas, il a de l'argent : elle ne s'habille pas n'importe où. Conseiller en gestion !

– C'est ton dernier mot ?

– Oui. Pourquoi pas ?

– Tu n'es pas très observatrice, Liz. Tu n'as pas remarqué son teint sain et coloré ? Une solide patine d'homme d'extérieur. Et ses mains calleuses. Il peut lâcher ses affaires en hiver, à l'époque où les agriculteurs peuvent partir. Mais je ne pense pas que ce soit un agriculteur banal : ni céréalier ni éleveur de bovins ou de dindes.

Il réfléchit un instant avant de lancer triomphalement :

– Paysagiste !

– Frais partagés si nous nous sommes trompés tous les deux, s'empressa de préciser Liz, ébranlée par l'assurance de Patrick.

– Naturellement. Et quoi qu'il arrive, je me charge du dîner, repartit Patrick avec son sourire de charme.

La musique cessa. Fiona cria quelques mots indistincts dans le micro et les haut-parleurs vomirent un vacarme discordant sur fond de roulement de batterie.

– Bon sang ! Qu'est-ce que c'est que ces battements barbares ?

– En principe, les pulsations du cœur humain, l'informa Liz. Retour à l'utérus maternel et idéologie assortie. Est-ce que tu vibres ?

– Non. C'est trop fruste. Je préfère flirter sur des airs plus raffinés, dit Patrick en resserrant son étreinte.

Liz aurait volontiers consenti à flirter avec Patrick mais c'était irréalisable sur ce rythme affolant. Ils retrouvèrent la table. Peu après, Frau Hiller décida d'aller se coucher; le professeur et Patrick se préparèrent à regagner le chalet. Liz se leva pour les accompagner jusqu'au hall, se promettant de rejoindre le groupe.

À la réception, Penny Croft dans son uniforme vert vif discourait avec volubilité devant Frau Scholler. Elle aperçut Liz et agita vivement la main dans sa direction, sans cesser de parler.

– Qui est cette fugitive de la forêt de Sherwood[1] ? ironisa Patrick qui enfilait son manteau.

– Les conditions atmosphériques sont peut-être moins exécrables que nous ne le pensions puisqu'ils ont pu parvenir jusqu'à Greutz. Ces derniers jours, je me demandais si ce temps affreux n'était pas d'aussi funeste présage que chez Shakespeare.

Le portier de l'hôtel entra, deux valises à bout de bras, deux autres suspendues aux extrémités d'une courroie passée derrière son cou. Il était couvert de neige. Bernard Walker qui le suivait faillit tomber sur Penny :

– *Entschuldigen Sie, bitte,* marmonna-t-il avant d'ajouter : Oh ! c'est vous, Penny. Désolé.

Il s'essuya les pieds sur le paillasson et disparut dans le vestiaire des hommes.

Penny avait achevé son monologue destiné à Frau Scholler et se tourna vers Liz.

– On a fini par s'en tirer, dit-elle, mais il a fallu monter la rue à pied; l'autocar s'est enlisé en bas. Je viens de raconter notre équipée à Frau Scholler.

– Le voyage n'a pas été trop éprouvant ?

– Ç'aurait pu être bien pire. Il n'y a qu'une voie

---

1. Repaire et abri de Robin des Bois, héros de la légende anglaise du XIIe siècle. *(N.d.T.)*

dégagée sur la route du col et, au train où ça va, elle ne le restera pas longtemps.

Liz se tourna vers Patrick.

– Tout compte fait, tu vas rester coincé ici, dit-elle.

Elle le présenta, ainsi que le professeur, à Penny et expliqua que Patrick était censé prendre l'avion pour Londres le lendemain.

– Rien ne laisse espérer que la neige va cesser, dit Penny, et il fait bien trop doux. Vous êtes refait, Dr Grant.

– Ce n'est pas tragique, dit Patrick avec placidité. Si Max veut bien de moi, je m'accommoderai très bien d'un ou deux jours de plus à Greutz. À Innsbruck, on s'arrangera de l'absence de Max, et au Mark's College de la mienne. Je t'appellerai, Liz, si le col est fermé demain.

Il l'embrassa sur la joue et, précédé du professeur muni de sa torche, ils passèrent la porte tournante. Les tourbillons du blizzard engloutirent presque aussitôt leurs silhouettes et la lueur blafarde de la torche.

– Vous avez logé tout votre monde, Penny? demanda Liz.

– Tout le monde! Ceux du Silvretta se connaissent déjà. Ils sont jeunes et gais; ils crèvent d'impatience de chausser leurs skis. Les deux autres couples, les Foster et les Derrington, sont ici.

– Dites-moi s'ils vont nous plaire? s'enquit Liz.

Devant la figure figée de Penny, elle éclata de rire.

– Allons, Penny, pas la peine de faire des mystères. Dites-moi juste vos premières impressions. Tout porte à croire que nous allons mariner ensemble jusqu'à la fin de la tempête. Autant être prévenus.

Prudente, Penny posait toujours sur Liz un regard incertain. Elle finit pourtant par lâcher quelques informations.

– Roy Foster nous a un peu soûlés de paroles dans le bus. À l'entendre, il aurait sillonné toutes les pistes du massif alpin. Sa femme a l'air d'une petite personne tranquille mais j'ai l'impression que le vol l'a éprouvée ; évidemment, ils ont dû être passablement secoués. Je vous avoue que j'étais plutôt épatée de trouver l'aéroport ouvert. Les Derrington, c'est autre chose : des professionnels du voyage organisé, une espèce très utile dans les groupes : ils ont réponse à tout et adorent chaperonner les néophytes. Le risque avec eux, c'est qu'ils deviennent parfois dictatoriaux.

– Vous voulez dire qu'ils organisent des expéditions ou des soirées à thème ? demanda Liz avec un petit frisson.

– C'est ça. Elle n'est pas anglaise et elle a un accent terrible. Tous les deux parlent très bien l'allemand. Ils avaient la monnaie nécessaire à chaque arrêt et ils ont managé tout le groupe pour le dîner, les boissons, etc. Pour moi, c'était bien reposant.

– Vous n'avez pourtant pas l'air enchantée ! dit Liz.

Les confidences aigres-douces soutirées à l'imperturbable Penny l'amusaient.

– Bien sûr, ils sont serviables. Mais, s'ils attendent de moi autant de résistance et d'efficacité qu'ils en ont, je redoute l'épuisement, avoua Penny avec une franchise désarmante.

– Ils ont l'air redoutables.

– Peut-être que je me trompe. Dans le métier, on prend l'habitude de classer très vite les clients dans différentes catégories. Roy Foster est du genre qui se plaint à tout propos et réclame d'un voyage organisé le luxe et les services qu'offrent les cinq étoiles. Les Derrington n'attendent ni cuisine exotique ni bouquet dans leur chambre mais ils ont des exigences sportives irréalistes.

Peut-être que Bernard va copiner avec eux et assouvir en leur compagnie sa passion perverse pour le ski.

– Penny, pourquoi dites-vous perverse ?

– Ça vous étonne ? Vous ne voyez pas qu'il s'autopunit en s'infligeant des épreuves d'endurance ? Lui avez-vous jamais vu l'air heureux ou satisfait ? Fiona et moi l'avons surnommé le Rôdeur solitaire. Il aimerait qu'on le prenne pour un loup vagabond. Il aimerait se croire tel. Mais c'est pure comédie. En réalité, il ne s'éloigne jamais bien loin de sa tanière.

Liz riait.

– Vous êtes une fine psychologue, Penny. Le ciel me préserve de votre regard perspicace. Venez donc prendre un verre si vous n'êtes pas trop fatiguée. Tout le monde est au night-club. Tiens, même votre soi-disant loup est en passe de nous y rejoindre.

Bernard venait de sortir du vestiaire, toujours vêtu de son anorak bleu-marine dont la poche était gonflée par son bonnet de laine. Hésitant, il s'immobilisa un instant dans le hall. Puis il ôta son anorak, il en ouvrit une poche intérieure dont il retira son portefeuille, puis suspendit son vêtement parmi les autres au long portemanteau qui courait sur le mur. Son pull à dessins géométriques noirs et blancs pendait mollement sur son torse étroit. Il glissa le portefeuille dans une poche de la chemise qu'il portait sous son chandail, ce qui n'améliora pas sa silhouette.

– L'affaire du siècle ! N'en jetez plus ! murmura Penny avec un sourire. Mais je ne refuserai pas un verre, merci. J'ai dit à mes nouvelles ouailles que je serai en bas pendant un moment, au cas où ils voudraient prendre quelque chose avant de se mettre au lit. Mais, à mon avis, ils sont crevés. Même les Derrington ont reconnu que le vol avait été pénible. L'avion a fait plusieurs cercles au-dessus de Zurich, chahuté par les rafales, avant d'être autorisé à se poser. Pas du tout plaisant.

– Vous ferez la grasse matinée demain, dit Liz.

– Pas sûr. Les jeunes du Silvretta sont des mordus. Quel que soit le temps, ils ont l'intention de louer des skis et de s'inscrire à l'école.

Dans la cave, la soirée suivait son cours sur un air tyrolien. Fiona avait abandonné ses platines pour s'écrouler sur la banquette près de Jan. Barbara et Sam dansaient, Francis et Sue parlaient. Apparemment, Bernard n'était pas descendu. Quand Liz et Penny se joignirent au groupe, Francis commanda une nouvelle tournée.

– Nous devons déjà deux bières à quelqu'un, dit Liz.

– Patrick en a offert une, dit Sue, s'arrachant quelques secondes à sa rêverie mais sans cesser de fixer Jan qui s'attaquait vaillamment à la nouvelle chope.

Liz soupira. Elle connaissait ce regard.

– Ah bon, dit-elle. Il peut se le permettre. Vous avez payé l'autre tournée, n'est-ce pas, Francis ? On règle nos comptes tout de suite. J'ai notre porte-monnaie.

Lorsqu'elles sortaient ensemble, elle et Sue faisaient bourse commune.

– Cessez de vous tracasser à propos de votre indépendance et venez danser tant qu'on a une musique potable, dit Francis en se levant.

Liz rentra docilement son porte-monnaie et le suivit jusqu'à l'espace exigu réservé aux danseurs. La musique était celle du film *Un homme et une femme* qui, invariablement, lui chavirait le cœur. La mélodie lancinante exerça ses ravages habituels : Liz s'émut au contact de l'épais chandail de laine de Francis contre sa joue et de sa main ; calleuse, comme l'avait justement observé Patrick. À moins que ce ne fût simplement la musique ?

– Détendez-vous. On ne fait que s'amuser. Je vous promets que je ne mords pas, lui chuchota Francis à l'oreille en la serrant contre lui. Vous aimez cet air, non ? Alors, profitons-en.

Liz espérait que Barbara ne regardait pas dans leur direction puis, subitement, souhaita le contraire. Pourquoi ? Il n'y avait rien à craindre. Elle se tenait soigneusement à l'écart des hommes mariés ; en fait, elle se tenait à l'écart de tous. Donc, elle pouvait jouir de l'instant présent en pleine sécurité, ou presque ; au Gentiana, rien de grave ne pouvait lui arriver. Elle se rapprocha.

– C'est mieux, dit Francis.

Il fredonna quelques bribes de la mélodie avant de demander tout à trac :

– Qu'est-il arrivé à votre mari ?

– Simplement que nous ne pouvions nous entendre.

– Une de ces associations mutuellement destructrices, c'est ça ? C'est monnaie courante.

– Je sais. Pourtant, certains y échappent.

– Il y a des couples qui bataillent jusqu'à ce qu'ils parviennent à un état de neutralité tolérante, dit-il.

– C'est très hypocrite, vous ne trouvez pas ?

– Tout dépend de l'enjeu. Il peut y avoir des complications, des contraintes matérielles ou autres, répondit Francis d'un ton neutre.

Peut-être avait-il épousé une femme riche qui le faisait marcher à la baguette. À moins qu'ils n'aient des enfants. Il n'en avait pas fait état mais, s'il parlait en son nom propre, ce qu'elle croyait, ce devait être une explication.

– Il arrive parfois que l'on trouve des miettes de plaisir, reprit-il en resserrant son étreinte.

Liz n'avait aucunement l'intention d'être une miette pour qui que ce soit mais elle était impuissante à se dégager.

– Vous, vous choisirez toujours la fuite, dit Francis. Vous ratez beaucoup.

Sa philosophie méritait peut-être réflexion, pensa Liz, mais elle craignait que, menée par elle, la quête de miettes de plaisir n'apporte que cicatrices. Même Sue, dont les conceptions étaient tellement plus simples que les siennes, souffrait après chaque aventure.

Le disque terminé, ils revinrent à la table où ils trouvèrent Bernard, assis de guingois sur la banquette comme s'il se préparait à s'échapper. Fiona quitta sa place et entama une traversée hasardeuse jusqu'aux platines. Elle y posa un paquet de disques et revint en titubant.

– Avec ça, j'en ai pour un bon moment, bougonna-t-elle.

Elle s'étira de tout son long, svelte dans sa combinaison pourpre, et ses cheveux d'un roux ardent, s'échappant du nœud pourpre, retombèrent sur ses épaules. L'air languide, elle fit du regard le tour de la pièce avant de s'affaler sur la banquette à côté de Sam qu'elle enlaça de ses bras nus. Sam fronça les sourcils, se dégagea sans trop d'égards et la poussa vers Bernard qui sursauta.

– Bon Dieu, Fiona ! s'écria Penny sur le ton du désespoir. Tu as encore fait des mélanges !

– Je suis parfaitement bien ! clama Fiona. Je t'en prie, ma grande, ne sois pas si barbante ! Détends-toi. Amuse-toi.

– Si les Scholler la voient dans cet état, elle aura des ennuis, murmura Penny. Ça lui arrive trop souvent. Je vais demander au serveur d'apporter du café noir, dit-elle en se levant comme un ressort.

À voir la façon dont les choses tournaient, le café noir n'y suffirait pas. Fiona marmonnait à présent dans le creux de l'oreille de Bernard dont elle tiraillait le lobe. Le malheureux avait tout l'air d'un collégien menacé de viol.

– Arrêtez, Fiona, arrêtez. Soyez gentille, suppliait-il en se tortillant pour échapper à ses avances.

Il ne pouvait bouger sans risquer de la faire tomber.

– Allons, chéri, ne fais pas le timide, susurra Fiona. Tu es un petit cachottier, pas vrai ?

Elle enroula une boucle grise du petit cachottier autour de son index, puis, d'une main incertaine, lui piqua ses lunettes. Liz tendit la main à travers la table pour les récupérer et les mettre à l'abri. Les danseurs étaient fascinés par l'assaut que subissait Bernard mais nul ne leva le petit doigt pour lui porter secours. Au bout d'un moment, Barbara détourna les yeux de cette scène pénible et interrogea Jan sur Rotterdam, sur sa maison et sur sa femme qui attendait l'arrivée imminente d'un quatrième petit Van Hutter. Les autres fixaient passivement Bernard dont le visage ordinairement pâle avait tourné au cramoisi.

Heureusement pour lui, le serveur et le café arrivaient, immédiatement suivis de quatre inconnus.

– Oh, voilà mes clients ! s'écria Penny. Pour l'amour du ciel, faites-lui avaler ce café !

Elle poussa la tasse en direction de Fiona et se leva, improvisant un sourire de bienvenue à l'adresse des personnages qui s'approchaient de leur table.

– Bonsoir. Nous sommes ici, dit-elle. Alors vous avez décidé de descendre. Quelle bonne idée !

Elle eut beau commencer les présentations à l'autre extrémité de la table, le quatuor ne pouvait ignorer la triste exhibition de Fiona. La disc-jockey jeta un vague coup d'œil aux inconnus puis reprit ses marmonnements, le visage enfoui dans le chandail de Bernard, contraint bien malgré lui de la prendre par les épaules pour l'empêcher de s'affaler sur ses genoux ou sur le sol.

Le grand Freddie Derrington, la cinquantaine, portait des cheveux noirs et frisés, de longues pattes et une grosse moustache. Hilda, sa femme, était aussi très brune, solidement bâtie et à peu près du même âge. Les Foster, Roy et June, étaient très jeunes.

– Ces deux-là sont passés hier devant monsieur le maire. Pour eux, c'est la lune de miel, brailla Freddie une fois les présentations terminées. Ça s'arrose au champagne ! Qu'est-ce que vous en dites, vous autres ? Serveur !

Repoussant brutalement Bernard, Fiona bondit.

– Du champagne ! Je veux du champagne !

Il était plus de minuit et demi quand la soirée s'acheva. Sue s'attarda un moment avant de rejoindre Liz dans leur chambre. Pendant qu'elle accomplissait son rituel nocturne – démaquillage et massage –, Liz, étendue sur son lit, fixait le plafond et réfléchissait à la soirée.

– Pauvres jeunes mariés, dit-elle. Quel début !

– Ils doivent coucher ensemble depuis des mois, dit Sue. Rien de bien nouveau ne les attend.

– Et c'est toi qui m'accuses d'être cynique ! repartit Liz. Tu crois vraiment que tout le monde avait besoin de savoir que c'est leur lune de miel ?

– Pourquoi pas ? Les temps ont changé depuis l'époque où tu étais une mariée rougissante.

– Oui, mais pas forcément pour le meilleur.

– Qu'est-ce qui t'arrive ce soir ? demanda Sue. Tu n'es pas si sentimentale d'habitude.

Pas de réponse. Liz, apitoyée, revoyait le petit visage blanc et inquiet de June Foster qui regardait son mari s'enivrer méthodiquement, sans un mot pour elle, tandis que les Derrington décrivaient avec force détails le vol mouvementé, les vicissitudes du trajet en car depuis Zurich et leur hâte de chausser leurs skis le lendemain. Fiona de nouveau était cramponnée à Bernard et lui, bloqué de l'autre côté par le corpulent Freddie Derrington, semblait trop déconcerté pour essayer de lui échapper.

Enfin, Sue se mit au lit et tira le duvet sur ses épaules ; froissements, grincements et soupirs s'ensuivirent pendant quelques minutes, puis elle sombra dans le sommeil. Liz, en revanche, était bien réveillée et les événements de la journée défilaient dans son esprit.

Elle commençait enfin à s'assoupir quand une latte du palier grinça. Elle se redressa, l'oreille aux aguets, et attendit, mais le bruit ne se renouvela pas. Sue avait-elle fermé la porte à clé ? Il était peu probable qu'un rôdeur entrât chez elles mais l'on n'est jamais trop prudent. Liz se leva et tourna la poignée. La porte s'ouvrit et elle regarda dehors. Tout au bout du couloir éclairé par une veilleuse, elle vit une grande silhouette masculine qui s'éloignait sur la pointe des pieds. Il pouvait s'agir de celle de Freddie Derrington ; à moins que ce ne fût celle de Jan, à l'affût d'une Sue consentante.

Liz rentra, referma doucement la porte, tourna la clé et retrouva son lit.

Dimanche

I

La neige était tombée en telle quantité cette nuit-là qu'elle avait définitivement noyé toutes les arêtes ; seuls demeuraient les contours arrondis laissés par le chasse-neige de part et d'autre de la route.

Pas de croissants au petit déjeuner ; sur les tables, des tranches de pain gris et lourd emplissaient les corbeilles. Le col était fermé ; de même la route de la vallée qui conduisait à Kramms… et chez le boulanger.

– Il ne manquait plus que ça ! se lamenta Sue qui s'était prise d'une passion vorace pour les croissants croustillants du matin. Enfin, ils nous ont mis du miel pour nous consoler.

Passant devant Sam, elle se servit largement.

– Désolé, murmura Sam en poussant le beurre de son côté. Je dors encore à moitié. L'annexe était sacrément agitée cette nuit.

– Je veux bien le croire, dit Liz compréhensive. Fiona a-t-elle fini par retrouver son lit ?

– Aux aurores, répondit Sam sobrement.

Penny arrivait au pas de course, fraîche et pimpante, ses cheveux blonds retenus par un large bandeau assorti à son pull. Elle portait une liasse de papiers et annonça qu'elle était très pressée.

– Mes petits jeunes du Silvretta ont déjà téléphoné, dit-elle. Je dois les retrouver dans dix minutes chez Winkler pour louer leurs skis. Les Derrington ont apporté les leurs et je ne crois pas que les Foster vont s'embêter avec ça aujourd'hui. Mais, si jamais ils le désirent, envoyez-les moi.

– Personne ne va skier aujourd'hui, décréta Liz. Il neige autant qu'hier.

– Oh, je crois bien que si, repartit vivement Penny. Il fait un peu plus froid. D'après Frau Scholler, les moniteurs sont montés et, moi, j'ai entendu la motoneige en venant. De toute façon, il faut que je m'assure que tous les fanas sont équipés et prêts à foncer.

Elle avala deux tasses de café, une tartine, et enfilait sa cagoule quand les Derrington apparurent.

– Les télésièges fonctionnent. Nous serons en haut du Schneiderhorn à dix heures et demie, déclara Freddie sans se donner la peine de dire bonjour.

Il avait l'air d'un ouvrier ce matin, dans son polo de coton blanc et son fuseau noir. Hilda portait la même tenue qui soulignait sa musculature, ses épaules larges et puissantes, ses jambes et ses cuisses épaisses et fortes.

Intriguée par les cicatrices qui en parsemaient les doigts épais, Liz observait les mains brunes de Freddie qui attaquait avec entrain son petit déjeuner. Encore un travailleur manuel, se dit-elle.

– Êtes-vous remise de vos aventures d'hier ? demanda Penny.

– Oui, répondit Hilda. Ce genre de choses m'arrive constamment. Et c'est ça qui m'inquiète.

– De quelle aventure parlez-vous ? demanda Sue.

– Je suis restée enfermée dans la salle de bains, répondit Hilda.

Penny avait raison à propos de son accent. Il était très particulier. Cet accent n'était pas français mais, d'après l'intonation, d'un pays d'Europe centrale.

– Je suis restée prisonnière pendant une demi-heure, reprit Hilda du même ton impassible.

– Frau Scholler m'en a avertie ce matin, intervint Penny. Elle ne comprend pas ce qui a pu se passer.

– Je pense qu'on a voulu me jouer un tour, répliqua Hilda sans hausser le ton.

Il ressortit de ses explications que le couple disposait d'une salle de bains privée mais que celle-ci, située dans la partie ancienne du bâtiment, donnait sur le palier et non directement sur leur chambre. Vu l'heure tardive, Hilda n'avait pas jugé nécessaire de s'enfermer pour prendre son bain ; elle avait laissé la clé sur la porte, à l'extérieur. Quelqu'un, de l'extérieur, avait tourné la clé et, apparemment, l'avait empochée.

– Quelle histoire ! s'exclama Liz, qui pensait à la silhouette qu'elle avait entrevue sur le palier pendant la nuit.

– Un mauvais plaisant, répéta Hilda qui tenait à son idée.

– Je ne vous ai pas entendue appeler, ni tambouriner contre la porte, fit remarquer Sue. Votre mari a dû s'inquiéter et vous délivrer.

– Oui, dit Hilda, il a fini par me délivrer. Je trouve ce genre de plaisanterie puérile. Et, maintenant, la clé est perdue.

Le coup d'œil qu'elle lança à Freddie disait clairement vers qui allaient ses soupçons ; mais pourquoi avoir égaré la clé ?

Drôle de façon de s'amuser, pensa Liz. Pour distraire Hilda de cet incident contrariant, elle lui demanda où ils vivaient en Angleterre.

– Dans le Kent, près de Maidstone, répondit Hilda.

Mis à part les docks de Douvres, Liz ne connaissait pas le Kent. Un ange passa et s'attarda. Mais Liz était persévérante et elle apprit bientôt que les Derrington étaient à la tête d'un élevage de visons.

– On les dépouille en novembre, expliqua Hilda. Après ça, on peut souffler un bon moment. Pourvu qu'on soit rentré en mars pour l'accouplement, on peut les laisser seuls tout l'hiver.

Ça alors, c'est la meilleure, se dit Liz. Jamais Patrick n'aurait imaginé une chose pareille.

– Combien de visons avez-vous? demanda-t-elle.

– Cinquante mâles et une centaine de femelles, répondit Freddie.

– Ça fait beaucoup?

– Ça fait beaucoup si on a de bons résultats avec les petits. Nous faisons tout nous-mêmes, avec un employé et quelquefois un apprenti, si bien que nous échappons aux charges sur les salaires et autres.

– J'ai entendu dire que ce sont de très sales bêtes, dit Sue. Un peu comme les rats.

– Ah ça, vous pouvez le dire! s'exclama Hilda. Ils ne ratent pas une occasion de vous mordre. Et une fois qu'ils vous ont planté les dents dans la chair, ils ne vous lâchent plus. Il faut leur desserrer les mâchoires de force.

D'où les cicatrices.

– J'imagine que vous avez un manteau fabuleux, s'écria Sue, les yeux brillants.

Hilda eut un rire un peu amer.

– Pas encore, dit-elle. Pour l'instant, je me contente de fourrure synthétique. Nous devons vendre toutes nos peaux.

Les Derrington avaient néanmoins les moyens de s'offrir un solide petit déjeuner avec supplément et Liz observa Hilda qui savourait ses œufs à la coque avec une minutie gourmande. Bernard, lui aussi, manifestait cette jouissance têtue lorsqu'il mangeait. Il n'était pas encore descendu. Les Foster arrivèrent juste au moment où Penny était enfin sur le point de partir pour le magasin d'articles de sports. Les personnes présentes se gardèrent de manifester leur surprise de voir les jeunes mariés si tôt levés et Penny leur demanda s'ils avaient l'intention de skier dès ce matin.

– Et comment ! répondit Roy. Il faut que June s'y mette tout de suite. Elle n'a encore jamais skié. Elle n'a pas une minute à perdre.

Roy était rougeaud et râblé ; ses cheveux longs bouclaient au-dessus de son col. June était pâle et replète, jolie à sa manière avec ses grands yeux bleus et son expression touchante.

– D'après ce que j'ai compris, Roy, vous êtes un skieur averti, dit Penny.

– Ah ! ça oui ! J'ai des années de pratique derrière moi.

– Bien entendu, vous êtes tous très forts, dit June dont le regard inquiet se posa tour à tour sur tous les visages.

– Pas moi, affirma Sue vigoureusement. Je suis le cancre de Greutz. Vous aurez vite fait de me rattraper, June. Et vous verrez, une fois qu'on sait s'arrêter, c'est merveilleux.

– J'ai déjà peur d'être incapable de démarrer, murmura June, alors s'arrêter… Mais je suis sûre que ça doit être merveilleux, assura-t-elle bravement.

– Bien sûr que c'est merveilleux ! affirma Roy. Une sportive comme toi, tu vas tout de suite piger le coup. June est une excellente cavalière, expliqua-t-il à la ronde.

Penny leur donna rendez-vous chez Winkler pour louer leurs skis. Après son départ, Francis Whittaker vint à leur table tandis que Barbara quittait la salle à manger.

– Qui va skier ce matin ? demanda-t-il à la ronde. Vous y allez, Liz ?

– Je ne sais pas, dit-elle en regardant par la fenêtre la grisaille ambiante. Ce n'est pas bien engageant.

– Je ne pense pas que le remonte-pente du Schneiderhorn fonctionne mais pourquoi ne feriez-vous pas la piste blanche ? Je vous accompagnerai. Je suis sûr que vous n'avez pas envie d'aller à l'école de ski où vous gèleriez en attendant que tout le monde fasse son tour de piste.

– Je suis tellement lente que vous deviendriez enragé, objecta Liz en le regardant.

Francis rit.

– Il en faut plus pour me mettre dans cet état. Et je ne suis pas un fana de la vitesse.

– C'est vrai que skier seule ne me dit rien, avoua Liz.

– Vous avez bien raison, opina Freddie, la bouche pleine.

– Cela peut se faire à condition que quelqu'un sache où vous allez et s'assure que vous êtes revenue, précisa Francis. Alors, Liz, vous vous décidez ?

Pourquoi pas ? N'avait-il pas dit qu'elle fuyait toujours ? Cette fois, en tout cas, elle le ferait mentir.

– D'accord, dit-elle.

Ils convinrent de se retrouver au bas du télésiège à dix heures un quart, après la première ruée.

De retour dans leur chambre, Sue regarda Liz.

– Il te plaît drôlement, hein ?

– Qui ça ? Francis ? Ne sois pas stupide.

– Fais attention, ma vieille, c'est moi qui te le dis, même si tu n'en sais rien encore. Je ne me trompe jamais...

– Oh ! Sue, tu as un cœur de midinette, protesta sèchement Liz, qui rangeait ses affaires avant le passage de la femme de chambre. Cesse d'interpréter toujours mes réactions en fonction des tiennes.

– À mon avis, vois-tu, tu te défends un peu trop vivement, fit Sue avec bonne humeur. Malheureusement, ce n'est pas à Greutz qu'on peut s'éclater. Tout le monde serait au courant dans les cinq minutes.

Encore une chance que Sue en ait pris conscience, se dit Liz, qui avait surpris les mains de Sue et celles de Jan réunies sous la table le soir précédent au night-club.

– Je me demande comment va Fiona ce matin, dit-elle. Elle doit avoir une de ces gueules de bois.

– Est-ce que tu vas à l'école de ski ? Si oui, je descends avec toi.

– Tu arriveras trop tôt pour ton rendez-vous. Ne sois pas si impatiente ! plaisanta Sue.

– Il faut que j'achète des cartes postales, répondit Liz froidement.

Sue pouvait être très pénible.

– O.K. Allons-y, acquiesça Sue.

Elles enfilèrent leurs chaussures et leur anorak, s'assurèrent qu'elles avaient argent, lunettes et gants, et descendirent. Deux entrées permettaient d'accéder à la remise à skis : dans le hall, une porte battante donnait sur un escalier qui menait à l'une de ses extrémités ; un autre accès conduisait directement à l'extérieur. Elles sortirent de l'hôtel par la porte principale pour consulter le baromètre fixé au mur. Il faisait plus froid mais la pression demeurait très basse. S'il neigeait toujours, la vue était moins bouchée que les jours précédents ; le télésiège commençait son ascension avec de rares passagers.

Chichement éclairée, la remise à skis était un local étroit et en forme de L. Dénicher ses skis dans la pénombre était affaire de persévérance. D'après le nombre de skis dressés le long des rateliers, rares étaient les clients du Gentiana qui, ce matin-là, affrontaient les éléments. Des luges s'entassaient en désordre au fond du local et des flaques de neige fondue parsemaient le sol.

Elles descendirent ensemble la colline. À voir le nouveau chemin dégagé tôt le matin, il était tombé dans la nuit près de trente centimètres de neige. Avant le pont de bois, elles se séparèrent : Sue traversa la rivière pour gagner le point de rendez-vous de l'école de ski où l'on ne se bousculait pas.

Arrêtée au bord de la Ziller, Liz suivait des yeux Sue qui approchait à grands pas du groupe d'élèves immobiles, leurs skis fichés près d'eux dans la neige; on la repérait facilement grâce à sa combinaison rouille. Un homme de haute taille se détacha et l'accueillit en la serrant dans ses bras; c'était Jan. Liz fit alors demi-tour pour aller chez le marchand de journaux choisir ses cartes; elles arriveraient sans doute après elle en Angleterre puisque plus rien ne sortait de Greutz.

Elle reprit ses skis qu'elle avait posés contre le mur du magasin, les équilibra sur son épaule et se dirigea lentement vers le terminus du télésiège. Les Derrington la doublèrent. Eux aussi marchaient vite, chargés de skis de compétition et terriblement professionnels avec leur équipement et leurs lunettes noires. Ils progressaient en silence et ne la reconnurent pas.

Francis la déchargea de ses skis quand ils s'installèrent sur leur siège.

– On est là pour s'amuser, rappelez-vous! dit-il en souriant. Vous préférez que je trace la voie ou que je sois derrière pour ramasser les morceaux?

– Passez devant, s'il-vous-plaît, dit Liz.

Peut-être que la vue de son large dos lui donnerait du courage.

Après le survol de la crevasse sombre de la rivière, il se retourna pour lui adresser un signe joyeux. Une neige fine et froide avait succédé aux gros flocons informes qui s'étaient écrasés toute la nuit et que les rafales de neige avaient entassés en congères impressionnantes, proches de la trajectoire du télésiège. En cas de chute, la distance serait réduite mais on risquait l'ensevelissement. Liz frissonna. Par endroits, la piste serpentait entre les pylônes et passait sous les sièges. Concentrés sur leur descente, les skieurs qu'ils survolaient en oubliaient de se saluer et de s'apostropher.

Plus haut sur le Schneiderhorn, le professeur Klocker et le Dr Patrick Grant skiaient de compagnie. Patrick avait emprunté chaussures et skis au stock que le professeur entreposait dans sa cave à l'intention de ses visiteurs. Ils commencèrent par dévaler la piste blanche pour que Patrick teste ses skis avant d'entreprendre une course plus savante. Le professeur Klocker ouvrait la voie ; trapue et précise dans un équipement noir, sa silhouette évoluait avec une étonnante économie de mouvement.

– Vous skiez bien, Patrick. On voit que vous avez de l'entraînement, dit-il, pendant qu'ils attendaient le télésiège au bas de la piste. On peut faire quantité d'expéditions à partir du sommet du Schneiderhorn ; un grand réseau de télésièges y est relié.

Manifestement, le professeur adorait skier et Patrick constatait avec plaisir que l'expédition n'avait pas été entreprise uniquement pour le distraire.

– Max, êtes-vous contrarié de ne pouvoir rentrer à temps à Innsbruck ? demanda-t-il.

– Non, répondit le professeur en secouant la tête. J'ai un cours mercredi et je regrette que mes élèves en soient privés mais, pour le moment, le besoin de terminer mon livre passe avant mes activités d'enseignant.

Lorsqu'ils atteignirent Obergreutz pour la seconde fois, le téléski marchait et ils le prirent pour gagner le sommet. Là-haut, entre neige et nuages, on avait l'impression d'évoluer dans un épais brouillard. À Oxford, par un temps semblable, Patrick aurait fait l'impossible pour ne pas mettre le nez dehors; en Autriche, il était heureux d'avoir pu suivre le professeur.

– Quel dommage que vous ne puissiez rien voir, cria Max en pointant son bâton, tandis qu'ils descendaient côte à côte, fendant la neige de leurs traces parallèles. Par beau temps, l'on a d'ici une vue sur les trois pays.

– Je ne m'étais pas rendu compte que l'Italie était si près, s'étonna Patrick.

– À vol d'oiseau, elle est plus proche que la Suisse, répondit Max.

– Peut-on s'y rendre à ski?

– Non. La face nord de la montagne est trop abrupte. Mais, en été, de riches touristes se font déposer en hélicoptère pour skier sur le glacier.

Patrick regrettait de manquer le panorama mais, pour l'instant, il s'efforçait surtout de ne pas perdre de vue le professeur qui filait bon train. Néanmoins, lorsque les pistes divergeaient, Max s'arrêtait pour laisser à Patrick le temps de le rattraper; appuyé sur ses bâtons, il se reposait et contemplait la montagne. À un moment donné, Patrick rata un virage et tomba; il se releva aussitôt mais la neige, plus rapide, s'était coulée dans ses manches et dans son col.

– Je crois qu'il y a eu un accident, dit le professeur quand Patrick l'eut rejoint.

Il pointait son bâton vers le bas. Patrick regarda dans la direction indiquée; un groupe de skieurs s'étaient immobilisés autour d'une silhouette à terre.

– Il faudrait aller proposer notre aide, suggéra-t-il.

– Il y a déjà pas mal de monde sur les lieux, fit observer Max. Et comme ni vous ni moi ne sommes médecins, nous serions de peu d'utilité.

Il se retourna pour examiner la montagne.

– Il doit y avoir une civière à Obergreutz. Nous allons attendre un moment pour être sûrs qu'elle descend ; du moins, si c'est nécessaire. Peut-être que la victime reprend tout simplement son souffle et qu'elle sera bientôt sur pied.

Tandis qu'ils surveillaient la scène, Francis Whittaker et Liz descendaient la piste blanche pour la seconde fois. Liz avait relevé ses lunettes et ses joues étaient rouges de plaisir. Elle reconnut Patrick et le professeur à l'instant où elle arrivait à leur hauteur et s'arrêta avec un brio qui lui valut un sourire flatteur de Patrick.

– Que regardez-vous ? demanda-t-elle. Un accident ?

– C'est possible, dit Francis. Voilà une ambulance.

Au même moment, un moniteur tirant un traîneau passa près d'eux à vive allure.

– Mais la neige est merveilleuse. C'est vraiment la poisse d'avoir un accident aujourd'hui sur une piste aussi facile ! s'exclama Liz. Oh ! Je parie que c'est la jeune mariée.

– Quelle jeune mariée ? demanda Patrick.

– Une Anglaise qui est arrivée hier soir. Elle n'a jamais skié de sa vie. Quand nous faisions notre première descente, nous avons vu son mari qui lui donnait une leçon tout près de l'endroit où les gens sont attroupés.

– Tu veux dire qu'il l'a fait monter jusque-là pour sa première leçon ? demanda Patrick.

– Oui. Les hommes sont fous à lier ! répliqua Liz d'un ton rageur. Il a dit que les pistes pour débutants étaient bourrées de monde et que, plus haut, la neige était parfaite. Pourtant, elle donnait l'impression de s'en tirer pas mal du tout.

– Ils avaient l'intention d'aller jusqu'au restaurant et de redescendre en télésiège, dit Francis. Ce type est cinglé.

– Une sacrée escalade, dit Patrick en mesurant la distance qu'ils avaient parcourue.

Le traîneau était arrivé sur les lieux et les curieux avaient reculé. Malgré l'écran de la neige, on voyait quelques silhouettes s'activer autour de la victime.

– Est-ce que vous rentrez par ici, Mrs Morris? demanda le professeur en désignant le départ de la piste rouge.

Il avait l'air d'un Père Noël avec sa barbe couverte de flocons.

– Grand Dieu, non ! Il suffit d'un accident pour aujourd'hui ! protesta Liz. La piste blanche me convient parfaitement.

– Vous vous en sortiriez très bien sur la bleue, dit Francis. Et même sur la rouge.

– Je n'ai pas envie de rentrer sur une civière, dit Liz.

– Rien à craindre, dit Francis en riant. Avant la fin des vacances, vous les descendrez avec moi. Allons-y. Je prends la tête ?

Sans attendre sa réponse, il démarra et elle le suivit.

– Quelle femme charmante, dit le professeur.

Patrick ne le contredit pas.

Il eut grand plaisir à descendre la piste rouge. C'était presque un défi parce que Max fonçait, mais la neige était bonne, il était à l'aise sur ses skis, et certaines zones, dont on aurait pu craindre qu'elles fussent verglacées dans d'autres conditions, n'avaient ce matin-là rien d'inquiétant. Seul le sifflement de la neige sous leurs skis troublait le silence de la forêt. Ils franchirent le pont suspendu en amont du Gentiana et traversèrent à ski le village jusqu'au bas de la pente.

Puis ils s'arrêtèrent, chargèrent leurs skis sur leurs épaules et continuèrent à pied jusqu'au centre de Greutz.

– Que diriez-vous d'une bière ? proposa Patrick.

Ils entrèrent au bar du Silvretta où ils trouvèrent Sue et le Hollandais assis côte à côte, l'air abattu.

– Qu'est-ce qui vous arrive, Sue ? demanda Patrick. Pourquoi ce visage morose ?

– June Foster s'est cassé une jambe, répondit Sue. La jeune Anglaise arrivée hier... Jan et moi avons vu le traîneau de secours devant la clinique.

– Liz avait raison. Nous l'avons croisée à Obergreutz, dit Patrick. On voyait très bien de là-haut qu'un accident avait eu lieu. Liz a tout de suite pensé que ce pouvait être cette jeune femme.

– Allons, Sue, ne vous tourmentez pas. Vous êtes bien trop sensible, murmura Jan qui serrait avec ferveur la main de Sue.

Mieux vaut que Liz n'assiste pas à cette scène touchante, se dit Patrick.

– Sachez en tout cas que la blessée est dans de bonnes mains à la clinique, intervint Max. Le Dr Wesser est expert en matière de fractures.

– Les occasions de s'exercer ne lui manquent sûrement pas, ironisa Patrick.

– Savez-vous comment c'est arrivé ? demanda le professeur.

– Elle a quitté la piste et s'est retrouvée en neige profonde, dit Jan. Et elle était très fatiguée.

– Tu en es sûr ? demanda Sue.

– J'ai entendu les moniteurs discuter entre eux, expliqua Jan. Ils étaient furieux de trouver une débutante dans un endroit pareil. Je veux bien croire qu'elle était fatiguée. Et je parie que personne ne lui a dit qu'il fallait à tout prix rester sur la piste. Ça m'arrive constamment d'en sortir. Mais moi, je rebondis.

– Tiens, dit Sue, j'avais oublié que tu parlais allemand.

– Presque tous les Hollandais le parlent, dit Jan. Ainsi que l'anglais. Nous avons un pays si petit et une langue si difficile que nous devons en apprendre d'autres.

– Et vous avez été occupés pendant la guerre, fit observer Patrick.

– Exact, dit Jan. Mais je n'étais qu'un gamin. Mes copains et moi, nous mettions du sable dans le réservoir d'essence des camions allemands.

– Tu ne t'es jamais fait pincer ? demanda Sue.

– Non. J'étais moins facile à repérer qu'aujourd'hui.

Sue regardait Max. Avec le franc-parler qui faisait la terreur de ses amis, elle enchaîna :

– Vous aussi, professeur, vous avez dû traverser des jours terribles pendant la guerre.

– C'est vrai, Miss Carter, répondit Max avec simplicité. Ma femme était juive et j'avais de nombreux amis juifs qui ont disparu. Moi-même, j'ai fait de la prison. Puis on m'a relâché parce que ma maîtrise de l'anglais était utile.

Sue serait-elle moins jolie, personne ne lui passerait sa naïveté, songea Patrick qui cherchait désespérément comment détourner la conversation avant la gaffe irrémédiable.

– Vous n'avez pas eu envie de partir après la guerre ? demanda Jan.

– J'ai passé deux ans aux États-Unis, répondit Max. Puis je suis revenu. Je voulais essayer de réparer les dégâts. Les enseignants, qui sont en contact avec les jeunes gens, exercent une forte influence. J'ai beaucoup enseigné. L'avenir appartient à la jeunesse.

Patrick savait que la jeune femme de Max et sa fille, encore bébé, étaient mortes à Ravensbrück. Max n'avait jamais réellement surmonté cette tragédie.

– Max et moi avons beaucoup apprécié la soirée d'hier, Sue, lança résolument Patrick. N'est-ce pas, Max ?

– En effet, j'y ai pris grand plaisir, répondit le professeur. Vous nous avez si bien accueillis. Je me demandais justement si vous me feriez à votre tour le plaisir de venir chez moi ce soir ? Vous-même, Miss Carter, Mynheer Van Hutter, Mrs Morris et tous vos charmants amis dont j'ai fait la connaissance hier soir.

– Vous voulez dire toute la bande ? demanda Sue.

– Toute la bande ! Mr et Mrs Whittaker, c'est bien ça ? La dame allemande, Mr Irwin, l'acteur, et la jeune femme au manteau vert, si vous pensez qu'elle le souhaite.

– C'est très aimable à vous, dit Sue. Je suis sûre que tout le monde acceptera avec plaisir. Puis-je vraiment amener tous les gens qui seront libres ?

– Je vous en prie. Sans oublier l'infortuné mari de la jeune femme blessée, s'il désire se joindre à nous.

– J'espère bien qu'il sera près de sa femme à la clinique, répliqua Sue. Néanmoins, je lui transmettrai l'invitation.

Le professeur sourit.

– Le voilà justement qui arrive, s'exclama Sue, le cou tendu en direction de la porte. Dieu du ciel ! Regardez qui est avec lui. Ça alors, il y a des gens qui ne perdent pas de temps.

Patrick examina les nouveaux venus. Il n'avait jamais vu Roy Foster qui, de prime abord, lui parut plutôt anodin, comme beaucoup de jeunes gens : robuste, le poil un peu hirsute, un peu gros pour son âge. Quant à l'identité de sa compagne, on ne pouvait s'y tromper ;

impossible de trouver à Greutz une autre rousse aussi flamboyante que Fiona.

II

Quand vint le moment de se mettre en route pour aller chez le professeur Klocker, Liz était de mauvaise humeur. Elle avait passé une heure avec un livre au salon, après le déjeuner. Le clan des bridgeurs – les Whittaker, Sam Irwin et Frau Hiller – s'était incrusté dans son coin pour l'après-midi ; malgré ses efforts, il attirait ses regards comme un aimant et elle s'interrogeait au sujet de Francis. Elle ne savait toujours pas quelle était sa profession. Était-il heureux en ce moment, concentré sur sa donne, ou était-ce le prix qu'il payait sa matinée de liberté ? L'échec de son propre mariage avait suscité chez Liz une fascination morbide à l'égard de l'intimité des autres couples, et sa conversation avec Francis avait exacerbé sa curiosité. Au bout d'un moment, n'y tenant plus, elle était remontée et s'était étendue sur son lit avec son livre. Sue était allée nager au Grand Hôtel en compagnie de Jan.

Liz s'assoupit presque aussitôt, dormit plus d'une heure et se réveilla la tête lourde et le moral à zéro. Le retour de Sue, excitée et folâtre, ne fit rien pour la rasséréner.

La promenade jusqu'au chalet du professeur se déroula dans un village fantôme. La neige tombait toujours, silencieuse et ouatée. Près de l'église, en haut de la colline, Liz et Sue rattrapèrent les Whittaker et Frau Hiller que la montée avait mise hors d'haleine. Mi-rieuse, mi-haletante, elle dit quelque chose en allemand.

– Frau Hiller découvre que jouer au bridge n'est pas un entraînement approprié pour l'escalade, traduisit Francis.

Il lui répondit en anglais qu'elle serait en pleine forme dès que le terrain de curling serait dégagé et qu'elle pourrait y jouer matin et après-midi, comme telle était son intention en s'inscrivant à Greutz. Il la prit par le bras et adapta son allure à la sienne, laissant les autres les distancer.

Le professeur s'était mis en frais pour les accueillir. Son smoking de velours vert soulignait sa distinction naturelle, se dit Liz qui, à mi-voix, fit part de son impression à Patrick.

– Il est aussi très réputé, répondit Patrick. Il donne des conférences dans le monde entier. Et, tiens-toi bien, son domaine est la littérature anglaise, plus particulièrement nos grands dramaturges. De quoi flatter notre orgueil national !

– Tu sembles oublier que je suis diplômée en anglais, répondit Liz avec hauteur. Tu n'as pas besoin de me vendre notre littérature.

Sam Irwin et Jan étaient déjà arrivés. Le Hollandais accueillit Sue avec un ravissement contrôlé ; bien qu'ils se fussent séparés une heure plus tôt, ils semblaient avoir mille choses urgentes à se dire et s'exilèrent ensemble dans un coin de la pièce. Sam discutait avec Patrick lors de l'arrivée des autres invités et ils reprirent la conversation interrompue.

– Je viendrai vous voir, dit Patrick et j'amènerai Liz, si elle est gentille. Vous êtes un autre gardien de l'héritage.

– Où as-tu l'intention de m'emmener ? demanda Liz soupçonneuse.

– Pour l'instant, rien n'est sûr, répondit Sam qui

s'était rembruni. Il est possible que ça ne se fasse jamais. Le projet peut tomber à l'eau.

– Balivernes ! protesta vivement Patrick. C'est le début d'une embellie ! Sam est engagé pour jouer Sire André[1] dans une nouvelle mise en scène du *Soir des rois*, ajouta-t-il à l'adresse de Liz.

– Il s'agit simplement d'une tournée en province avec une troupe de répertoire, dit Sam. Ça n'ira pas bien loin.

– Cela peut vous conduire à un beau contrat, assura Patrick. Je regrette seulement que l'on ne vous ait pas attribué le rôle de Malvolio[2].

– On ne peut pas tout avoir, répondit Sam. Pour moi, c'est une gageure. J'ignore quelle sera la conception du metteur en scène mais on peut tirer beaucoup du pauvre Sire André.

Ce disant, il se redressa, serra les mâchoires, et Liz nota combien son visage, qu'elle avait jusqu'alors trouvé mou et inexpressif, y gagnait en fermeté.

– Patrick m'a dit qu'il admirait beaucoup vos créations, dit-elle.

Sam parut heureux.

– Je suis étonné que certains se souviennent encore de moi, dit-il. Il y a si longtemps que je n'ai rien joué de sérieux.

– Aimez-vous le théâtre moderne ? demanda Liz. Que pensez-vous de tous ces déshabillages ?

Sam eut un sourire désabusé. Liz ne l'avait encore jamais vu rire.

– Il m'est arrivé de jouer Ariel[3] couvert en tout et

---

1. Personnage secondaire et ridicule du *Soir des rois*.
2. L'intendant dans cette même pièce.
3. L'esprit de l'air dans *La Tempête. (N.d.T.)*

pour tout d'une couche de peinture verte, dit-il. À part ce rôle, je me suis toujours arrangé pour rester vêtu. De nos jours, hélas, on ne peut faire le difficile mais, si je pouvais choisir, j'opterais toujours pour des pièces d'époque, de préférence au théâtre contemporain.

– Pourquoi ? Est-ce parce que vous ne pouvez vous identifier à des personnages modernes ou tout simplement parce que vous aimez vous déguiser ? demanda Liz.

L'air gêné de Sam la surprit. Toutefois, il répondit posément :

– Un peu les deux, je crois. Les costumes nous aident à entrer dans la peau du personnage.

– Qui sera Malvolio ? demanda Patrick.

Sam l'ignorait.

Ils discutèrent de la pièce un moment encore puis, bafouillant une excuse, Sam fila rejoindre les Whittaker.

– Drôle de garçon, dit Liz. C'est de beaucoup la plus longue conversation que j'aie eue avec lui. As-tu vu l'air embarrassé qu'il a pris quand je lui ai dit gentiment qu'il était vieux-jeu ?

– Je ne pense pas que ce soit ça qui l'ait froissé, répondit Patrick. Tu as aussi suggéré qu'il pourrait aimer se déguiser.

Les yeux de Liz s'arrondirent.

– Bien sûr qu'il aime ça, c'est évident. Tous les hommes adorent ça. Regarde les professeurs et les magistrats dans leur toge, les militaires avec leurs uniformes rutilants, et j'en passe. Qu'y a-t-il à redire à ça ? C'est simplement puéril.

– Je t'adore, Liz. J'adore ton innocence, fit Patrick, l'œil narquois.

– Et toi, tu es abominable, repartit Liz irritée. Qu'est-ce que tu peux savoir de Sam ? Tu le connais à peine.

– Je ne suis pas abominable, dit Patrick. Je te taquine, simplement.

Mais Liz observait Sam à l'autre bout du salon.

– Sur ce point, tu pourrais avoir raison, admit-elle au bout d'un moment. Il s'entend bien avec Barbara mais il nous fuit comme la peste, Sue et moi. Je pensais que c'était seulement dû à la très banale suffisance masculine.

– Toi et Sue, vous faites une sacrée paire de séductrices, tu sais, fit remarquer Patrick. J'en connais plus d'un que vous empêcheriez de dormir. Vous êtes une menace pour les hommes vulnérables.

Ce que Patrick n'était évidemment pas. L'ennui avec ses théories était que, même s'il les étalait par pure provocation, elles s'appuyaient toujours sur des possibilités et il était de ce fait difficile de s'en libérer. Liz contemplait toujours Sam.

– Cesse de fixer ce malheureux garçon ! l'enjoignit Patrick. Il va finir par croire qu'il a fait impression, dans un sens ou dans l'autre.

– Je ne crois pas qu'il se distingue en quoi que ce soit, déclara Liz. C'est un mou, un indécis. Il a besoin qu'un autre lui dicte son rôle.

– Tu as peut-être raison, dit Patrick. Comment se passe le séjour pour Sue ? Elle a l'air plutôt éprise de son Hollandais.

– J'en ai bien peur. Elle est incapable de résister à un type un peu gentil, soupira Liz. Et ça finit toujours dans les larmes.

– Mais elle se remet très vite, non ? dit Patrick avec un manque total de compassion.

– Ne crois pas ça. Elle a besoin chaque fois d'un solide replâtrage.

– Et toi, mon chou, où en es-tu ?

Liz qui regardait Francis détourna vivement les yeux. Patrick était trop clairvoyant.

– J'ai renoncé aux hommes, assura-t-elle avec désinvolture. Je suis une vieille collectionneuse mal en point.

– Ne renonce pas, Liz. C'est la méthode des froussards.

– Et tu en connais un rayon sur ce point.

– J'en sais plus que tu ne penses, dit Patrick en la regardant.

– Oh ! Patrick ! s'écria-t-elle soudain. Si ce temps pourri ne s'arrange pas, nous allons tous exploser. J'aime les sports d'hiver, parce qu'il y a tant de choses à faire et que c'est merveilleux de ne pas être à Londres en février. Mais vivre cloîtrée dans ce minuscule patelin, par ce temps de chien, dans ce bouillon de culture… Seigneur !

– Un bouillon très inoffensif, mon chou, dit Patrick rassurant. Pour ma part, ce qui fermente autour de nous m'apparaît très bénin. Sue sourit sottement à son Hollandais. Irving, quelle que soit sa phobie, est uniquement préoccupé par son assaut à l'épée avec Sébastien[1] en Illyrie. Max n'a qu'une idée : terminer à temps son dernier chapitre. Les Whittaker déploient leurs charmes au bénéfice d'une dame allemande pour démontrer qu'il n'y a pas de rancune entre leurs pays et elle s'efforce de bien y réagir pour la même raison. Tout le monde est serein. Pas toi ?

– Non, je ne le suis pas et tu le sais, dit Liz. Va donc me chercher un autre verre, Patrick. Je ne sais pas ce que c'est mais c'est très fort et j'en ai besoin. Ces vacances me rendent alcoolique.

Patrick, docile, tourna les talons et Penny fit son

---

1. Autre protagoniste du *Soir des rois. (N.d.T.)*

entrée, l'indignation peinte sur son visage. Elle venait de la clinique où elle avait trouvé la jeune mariée en larmes. Depuis l'accident, Roy n'était pas venu voir June.

– C'est ignoble ! dit Penny. Elle est malheureuse comme les pierres.

Penny accepta un verre et jeta un regard circulaire sur le salon.

– Où est Bernard ? demanda-t-elle. Il ne vient pas ?

Personne ne savait. On lui avait laissé un mot à l'hôtel pour lui transmettre l'invitation du professeur puisqu'il faisait partie du contingent anglais du Gentiana. Les Derrington, absents eux aussi, avaient rendez-vous avec des amis au Silvretta.

– Qui est Bernard ? s'enquit Patrick.

– Un type insignifiant qui détale comme le Lapin blanc[1], perpétuellement sollicité par des rendez-vous mystérieux et urgents, l'informa Liz.

– Serait-ce l'homme aux caoutchoucs qui est entré à l'hôtel quand nous le quittions Max et moi la nuit dernière ?

– Des caoutchoucs ? Il portait des caoutchoucs ? répéta Liz. Ça lui ressemble tout à fait.

– Il est avocat, non ? demanda Sue.

– Non. Employé au Conseil municipal de Wapshot, précisa Sam.

– Il skie par tous les temps. C'est le plus acharné de mes clients, dit Penny. Mais les Derrington vont le mettre au défi. Ils ont passé l'après-midi à sillonner la piste bleue. À propos, on a fermé la rouge.

– Je regrette que votre groupe ne soit pas au complet, dit Max.

---

1. Personnage d'*Alice au pays des merveilles* (1865) de Lewis Caroll. *(N.d.T.)*

– Oh ! Professeur, vous avez bien assez à faire avec nous, le consola Sue. Et si le blizzard persiste, vous nous verrez peut-être trop souvent

– Trop souvent, sûrement pas, Miss Carter, protesta galamment le professeur. Pourvu que je puisse terminer mon livre.

– Max écrit un ouvrage sur Marlowe. Une vision totalement neuve, dit Patrick en souriant.

– L'a-t-il fait et l'était-il ? murmura Sam.

– A-t-il fait quoi et qu'était-il ? demanda Sue les yeux écarquillés.

– Je pense que Sam veut dire : Marlowe était-il Shakespeare ? Est-ce lui qui a écrit ses drames ? explicita Liz. Bien sûr que non, il ne l'était pas. Sinon, qu'aurait fait Shakespeare pendant tout ce temps ?

– Je pensais que Marlowe était mort jeune, intervint Francis.

– Exact.

– Certains estiment que non, reprit Liz. Certains historiens et critiques pensent que Marlowe a vécu longtemps et qu'il écrivait comme un forcené. Tandis que Shakespeare ne faisait que jouer.

Quelqu'un mentionna Bacon. À la faveur de la conversation, Patrick dit à Liz qu'il était heureux de voir son moral s'améliorer à vue d'œil. Elle lui lança un regard noir.

– Tu es l'intello snobinard le plus écœurant que je connaisse, dit-elle. Au moins, il a entendu parler de Marlowe. Il y a des flopées de gens très bien qui ignorent jusqu'à son nom.

– Est-ce Dieu possible ! se récria Patrick.

Il se moquait, bien sûr ; Liz l'aurait étranglé de ses propres mains

– Essayons de trouver la réponse à notre pari, proposa Patrick. À moins que tu ne l'aies trouvée ce matin en batifolant avec Francis sur le Schneiderhorn ?

– Non, je n'ai pas cherché, jappa Liz. Nous avions d'autres sujets de réflexion. Et après l'accident de June, nous avons rapporté ses skis à l'hôtel avant de repartir pour la clinique afin qu'elle ait une chemise de nuit et sa trousse de toilette.

– Que faisait le mari ?

– Il avait disparu. Il a bien fait de ne pas se montrer ici ce soir. Je lui aurais dit clair et net ce que je pense de lui.

– Peut-être qu'il ne supporte pas la vue du sang.

– Il n'y a pas eu de sang, juste quelques gémissements. On a donné un calmant à June avant de la transporter à la clinique. Pauvre petite folle.

– Pourquoi la traiter de folle ?

– Parce qu'elle a épousé un type atroce.

– Peut-être se valent-ils l'un l'autre. Ce sont des choses qui arrivent.

– Une fille de cet âge ne mérite sûrement pas d'être traitée avec une telle dureté, protesta Liz en pinçant les lèvres.

On approchait un terrain dangereux et Patrick fit marche arrière.

– Viens, dit-il. Le plus simple est d'interroger Whittaker. Nous allons créer une diversion.

Max, en effet, parlait toujours de Marlowe devant un public composé des Whittaker, de Frau Hiller et de Sam Irwin. Comme tous les gens lancés sur leur sujet, il était heureux ; Sam le stimulait par des questions pertinentes et Frau Hiller, le front plissé sous l'effet de la concentration, semblait captivée, au contraire de Barbara qui avait l'air absent. Elle et Francis profitèrent de l'apparition de Patrick et de Liz pour prendre le large et Barbara alla rejoindre Penny.

Patrick engagea sans détour l'entretien en demandant à Francis où il habitait.

– Dans le Dorset, pas loin de Charmouth, répondit Francis.

– Un comté privilégié, dit Patrick. Aussi beau qu'il est romantique.

Dieu qu'il peut être pompeux et pédant, se dit Liz in petto. Néanmoins, elle questionna :

– Tu penses à Charles II ?

– Bien entendu, fit Patrick un rien dédaigneux. Hélas, pauvre Limbry. Quelle occasion manquée !

Liz, pour sa part, avait aussitôt pensé à Thomas Hardy mais, à la réflexion, elle se demandait si le cadre de ses romans ne se situait pas plus à l'est de Charmouth. Elle n'osait s'aventurer sur ce point devant Patrick qui aurait fanfaronné à ses dépens s'il l'avait prise en défaut. Mais, comme elle ignorait qui était Limbry, elle se sentit obligée de le demander.

– C'était le capitaine du navire qui était censé conduire Charles en France, dit Francis, mais il ne s'est jamais présenté à son poste. Il avait confié à sa femme qu'il devait transporter une cargaison dangereuse et elle l'avait enfermé jusqu'à ce qu'il lui eût promis d'y renoncer.

Liz jubilait : Francis avait superbement coupé les effets de Patrick qui ne le créditait sûrement pas d'une pareille érudition.

– Le coin est envahi de touristes l'été, n'est-ce pas ? enchaîna Patrick. Ces colonies de caravanes doivent être bien irritantes pour les autochtones.

– Il se trouve que je dirige une de ces colonies, l'informa Francis.

– C'est vrai ? s'étonna Liz.

– La mienne n'est pas située en haut des falaises et

les caravanes n'y sont pas alignées comme dans un lotissement de banlieue, poursuivit Francis d'un ton posé. Nous avons cinq hectares boisés, un petit lac, et les caravanes sont dispersées entre les arbres. Nous en admettons trente et disposons aussi de quelques cottages et appartements que nous louons.

– Plutôt sélect, j'imagine, dit Patrick.

– C'est ce que nous souhaitons, répliqua Francis. Les parents de ma femme étaient propriétaires d'une belle vieille demeure que nous n'avons pas voulu vendre après leur mort. Malheureusement, ils n'ont pas laissé une fortune suffisante pour son entretien, si bien que nous avons dû l'exploiter. Nous avons préféré cette solution à celle qui aurait consisté à transformer le domaine en hôtel.

– Elle vous épargne les problèmes de restauration, dit Patrick.

– Exactement. Le plus gros du travail est l'entretien. Je passe tout l'hiver à faire les réparations et les préparatifs indispensables avant l'ouverture.

Ce qui expliquait les mains calleuses.

– Je suis retenu sur place tout l'été mais l'endroit est si agréable que je n'ai pas envie de partir. Barbara s'évade généralement quelque temps. La présence des estivants l'indispose. Après tout, c'était sa maison.

– Depuis combien de temps faites-vous cela ?

– Depuis que j'ai quitté l'armée. Presque six ans.

– Avez-vous des enfants ? demanda Liz.

– Oui, une fille... Ma première femme est morte quand Jill avait deux ans.

Les choses allaient de mal en pis : en quête d'un peu d'information, voilà qu'elle en recueillait bien plus que son imagination versatile n'en pouvait digérer.

Patrick, cependant, ramena la conversation sur un sujet moins personnel.

– La côte du Dorset est très rocheuse, je crois, et Charmouth la seule plage de sable sur des miles et des miles.

– C'est exact, confirma Francis. C'est aussi une côte où les brumes marines sont fréquentes.

– Et les contrebandiers, ajouta Liz impulsivement. Je veux dire, autrefois…

– Je ne serais pas surpris qu'il en demeure quelques-uns, dit Francis en souriant. Peut-être plus à l'ouest, là où sont les grands estuaires.

Francis ne se moquait pas d'elle, Liz le savait, mais elle était moins sûre de son attitude à l'égard de Patrick ; elle percevait dans ses réponses à l'interrogatoire serré de Patrick une certaine ambivalence qui lui donnait à réfléchir. Elle-même se sentait tiraillée : elle avait le droit de se moquer de Patrick et de le rabrouer mais ne pouvait tolérer que d'autres lui fassent subir les mêmes avanies. Il était sage, perspicace et elle avait confiance en lui. Personne d'autre qu'elle n'avait le droit de le railler.

Apparemment, Patrick n'avait rien perçu d'hostile. Il discutait amicalement avec Francis des marées, thème intarissable pour les mordus de la voile.

Quand il fut temps de retourner au Gentiana, il neigeait plus fort que jamais et le sentier creusé quelques heures plus tôt devant la porte du professeur avait disparu sous une épaisse couche de neige fraîche. Ils traversèrent un village désert ; tout le monde dînait.

Dans la salle à manger du Gentiana, les Derrington en étaient au dessert ; Roy Foster, rassasié, avait déjà quitté les lieux. Chacun espérait qu'il était allé voir sa femme ; la place de Bernard l'attendait encore.

– Où peut-il bien être ? s'interrogea Penny. Il est toujours à l'heure, d'habitude.

Elle demanda aux Derrington s'ils l'avaient vu.

– Qui ça ? B. Walker ? demanda Hilda en épelant le nom inscrit sur la pochette de la serviette de Bernard. Nous le connaissons ?

– Sûrement. C'est sa place.

– Il n'y avait personne ici au petit déjeuner, dit Hilda. Est-ce que vous parleriez de l'étudiant prolongé, avec des lunettes et des boucles, qui faisait des avances à Fiona hier soir ?

– Oui... À ceci près que c'était elle qui faisait les avances.

– Je ne l'ai pas vu depuis, dit Freddie qui entamait sa pêche melba. Et toi, Hilda ?

– Non.

– Peut-être bien qu'il a dépassé le stade des avances, ricana Freddie.

– Fiona a déjà dîné, constata Penny en désignant sa place qui avait été débarrassée.

Peut-être a-t-elle dîné avec Roy, se dit Sue. Peut-être sont-ils encore ensemble. Pas un son ne montait de la cave.

– Irez-vous danser ce soir ? lui demanda Freddie.

– Oui.

Jan allait venir, sitôt après avoir dîné au Silvretta. Toute au plaisir anticipé de la soirée, Sue oublia Bernard.

– Bravo ! Nous y allons aussi. Ils vont voir ce qu'ils vont voir, pas vrai Sue ? dit Freddie avec un clin d'œil à Sue éberluée.

– Ce soir, vous vous passerez de moi, annonça Penny, lorsque les Derrington furent partis. Je dois me laver les cheveux. C'est bizarre que Bernard ne soit pas là. J'espère qu'il va arriver. À moins que... Il y a un microbe qui se balade dans la station. Peut-être l'a-t-il attrapé.

– C'est possible, dit Sue.

Elle suivit du regard le départ de Freddie. Quelle chance de n'avoir pas besoin de compter sur lui pour danser ce soir. Sue se mit à table avec appétit.

La mine revêche, Liz coupait sa côtelette. Elle projetait de passer la soirée en compagnie de Frau Hiller et de discuter avec elle de Wagner, par exemple, ou d'un autre sujet hautement sophistiqué. Dans un splendide isolement féminin.

Lundi

I

En fin de compte, Liz descendit à la discothèque avec les autres mais n'y resta pas longtemps. L'atmosphère enfumée était étouffante et le spectacle de Roy Foster et de Fiona, collés l'un à l'autre entre les brefs intermèdes que la disc-jockey accordait à son job, l'indisposait.

Sue rentra très tard et, tout en se déshabillant aussi discrètement que possible, elle continuait d'émettre des petits rires nerveux. Le visage caché sous le duvet, Liz feignait de dormir et se désolait. Jan et Sue avaient dû trouver un coin discret, sans doute la réserve à skis. Si seulement Sue pouvait rencontrer un type qui l'épouserait, ce serait tellement mieux. Pourquoi diable fallait-il qu'elle s'entiche systématiquement de pères de famille ? En contrepoint de ces réflexions, Liz s'efforçait de se convaincre qu'elle était contente de son sort : elle avait un bon job qui la mettait en rapport avec beaucoup de gens intéressants sur le plan intellectuel et cela lui suffisait. Pourtant, au fond de son lit, elle regrettait d'avoir quitté si vite le night-club, se privant ainsi d'une autre chance de danser avec Francis.

Lorsque Sue se glissa dans son lit, Liz demanda :

– Est-ce que Bernard est revenu ?

– Pourquoi faisais-tu semblant de dormir ? demanda Sue agacée. En me baladant à tâtons pour ne pas te réveiller, je me suis écrabouillé les orteils contre le montant du lit.

– Il est revenu ? insista Liz.

– Je n'en sais rien. En tout cas, je ne l'ai pas vu, grogna Sue. D'ailleurs, qui s'en soucie ?

Au petit déjeuner, la place de Bernard était vide.

– Il était toujours le premier levé, fit remarquer Sam. C'est ce fichu temps qui a dû le mettre dans tous ses états. D'après Frau Scholler, il est tombé plus de cinquante centimètres de neige pendant la nuit.

Apparemment, le temps qui rendait la plupart des gens nerveux réconciliait Sam avec l'existence. Il beurrait ses tartines avec entrain.

Après avoir discuté gravement à la table des Whittaker, Penny revint à sa place et se versa du café.

– Qui n'ai-je pas vu encore ? demanda-t-elle en passant l'inspection de ses clients assemblés. Sue et Liz, vous n'étiez pas là quand je l'ai dit aux autres. Personne ne peut se promener au-delà des limites du village et vous ne devez pas non plus emprunter la route de Kramms. Est-ce clair ? Nous sommes à l'abri au Gentiana et le village est dans une zone sûre mais, sur la route de Kramms, le ravin où la petite avalanche a eu lieu samedi est dangereux. Ce sont de simples mesures de sécurité, sur ordre du bourgmestre. Il n'y a pas eu d'avalanche à Greutz depuis des dizaines d'années.

– Une journée foutue pour le ski, râla Freddie.

– Je dois rencontrer les autres accompagnateurs, reprit Penny. Nous allons organiser une bataille de boules de neige : Hickson contre Snopranx. Et peut-être un tournoi de ping-pong cet après-midi.

Sam frissonna.

– Ne comptez pas sur moi, Penny. Peut-être que Bernard se portera volontaire. À condition qu'il reparaisse, évidemment.

– Il fait peut-être la grasse matinée. Personne ne l'a vu, vraiment ? demanda Penny.

– Hier, je ne l'ai pas croisé une seule fois, dit Sue. A-t-il pris ses repas ?

– Quelqu'un l'a-t-il vu à la salle à manger ?

Ils secouèrent la tête avec ensemble.

– Il ne se sent peut-être pas bien, hasarda Penny. À moins qu'il ne boude. Il y a des tas de gens auxquels ce temps fiche le cafard. Plusieurs couples sont en train de se défaire au Silvretta. Grâce à Dieu, ce sont des clients de Snopranx, pas les miens. Bon, je vais demander à Else si elle l'a vu.

Elle fit signe à la serveuse et lui parla en allemand. La jeune fille répondit en secouant négativement la tête.

– Else dit qu'il n'a pris aucun repas hier à la salle à manger, traduisit Penny.

– Ça ne veut rien dire, fit observer Hilda. Il doit en avoir assez de la cuisine de l'hôtel et il est allé voir ailleurs.

– Non, pas Bernard, dit Sue. Pas après avoir payé ici sa pension complète. Il est trop près de ses sous.

– Alors, c'est qu'il est malade. On ferait mieux d'aller voir.

– J'y vais, décida Sam. Sa chambre est voisine de la mienne. Il va me maudire, c'est sûr, mais il vaut mieux en avoir le cœur net. Surtout si vous commencez à vous tracasser tous.

– Il est peut-être avec une nana, suggéra Freddie rigolard.

– Très drôle ! laissa tomber Sue. On voit bien que vous ne connaissez pas Bernard.

Sam sortit. Il revint presque aussitôt et, cette fois, il avait l'air embêté.

– Il n'est pas dans sa chambre et son lit n'est pas défait, dit-il.

– Alors, il est probablement dans un autre hôtel avec la nana, suggéra Roy Foster.

Il n'avait pas encore desserré les dents. Il était pâle et avait avalé trois tasses de café d'affilée, sans rien manger. Gueule de bois, manifestement.

– Méfiez-vous de l'eau qui dort, proféra Sue d'un ton sentencieux. Où diable peut-il bien être ?

Les Whittaker avaient terminé leur petit déjeuner. Comme la veille, Barbara quitta la pièce aussitôt mais Francis vint rejoindre les autres. Il saisit une chaise et s'installa près de Liz.

– Que se passe-t-il ? Vous avez tous des mines anxieuses, dit-il. Nous ne sommes pas dans un coin à avalanches.

– Il ne s'agit pas de ça, fit vivement Penny. Il semble que Bernard Walker ait disparu.

– Impossible. Qu'est-ce qui vous fait dire ça ?

– Personne ne l'a vu depuis... depuis quand exactement ? Francis, l'avez-vous croisé hier sur le Schneiderhorn ? Il ne manque jamais une leçon de ski.

– Je ne l'ai pas remarqué hier mais ça ne signifie rien, dit Francis. Je ne le cherchais pas.

– Il skie souvent seul. Généralement, il fait encore une descente une fois le cours terminé. S'il est remonté par le télésiège hier, juste avant qu'il s'arrête et s'il est tombé...

Sam n'acheva pas sa phrase.

– Mais les moniteurs parcourent toutes les pistes une fois qu'il n'y a plus personne, dit Freddie. En tout cas, c'est ce qu'ils font dans toutes les stations. C'est certainement la même chose ici.

– Bien sûr, ils le font, assura Penny. Mais s'il avait quitté la piste ?

– Quelqu'un l'aurait vu. Ou l'aurait entendu. Il aurait crié, dit Roy.

– Il a pu s'assommer en tombant. Ou être enseveli dans une congère, dit Penny.

– Et puis quoi encore ? grogna Freddie. On n'est même pas sûr qu'il ne soit pas au village. Écoutez donc ce que je vous dis : il a passé la nuit avec une fille quelque part et il ne souhaite sûrement pas que ça se sache. Après tout, il n'y a jamais que deux choses à faire dans ce foutu bled : skier ou coucher !

– Il y a aussi le bridge, dit Liz aigrement.

– Bon, si vous avez l'intention d'envoyer une équipe de secours, prévenez-nous, déclara Hilda en se levant. En attendant, je vais chez le coiffeur.

– Je sors, moi aussi, dit Roy en quittant la table.

– Avez-vous eu des nouvelles de June ce matin ? lui demanda Sue.

– Pas encore.

– Alors, faites-lui nos amitiés.

– Entendu.

Après leur départ, Penny se tourna anxieusement vers les autres.

– Que pensez-vous que je doive faire pour Bernard ? D'abord consulter Frau Scholler, non ? Je n'ai pas l'intention de déclencher la panique. Freddie a peut-être raison. Il passait son temps à filer à des rendez-vous mais il n'a jamais dit avec qui. S'il n'est pas avec une fille, il peut être avec un copain dont nous ignorons tout. Et il aura passé la nuit chez lui plutôt que de rentrer sous la neige.

– Si vous voulez, Penny, j'y vais avec vous, proposa Francis.

Elle lui sourit, soulagée.

Ils sortirent ensemble et les autres terminèrent leur petit déjeuner en silence. L'idée que Bernard ait pu être victime d'un accident était terrible mais l'hypothèse de Penny ne manquait pas de bon sens ; tout le monde avait entendu Bernard affirmer qu'il devait retrouver quelqu'un.

Francis revint et les informa que les Scholler allaient procéder à une enquête discrète dans les différents hôtels.

– Penny va en parler aux autres accompagnateurs. Quelqu'un l'a sûrement vu, poursuivit-il. Quant à moi, je pars tout de suite questionner les gens de son cours de ski pour savoir où il est allé hier et s'ils savent qui sont ses amis. C'est sans doute une tempête dans un verre d'eau. Je parie qu'il reviendra pour le déjeuner, aussi sûrement qu'il neigera encore.

Ces propos raisonnables ne dissipèrent pas le malaise ambiant. Sam se rendit à l'annexe où il trouva la femme de ménage qui faisait sa chambre et celle de Bernard. Elle lui dit dans son anglais hésitant que, la veille, le lit de Bernard était froissé, comme si quelqu'un s'était étendu dessus ; en revanche, son pyjama y était demeuré tel qu'elle l'avait posé la veille au soir, tâche qu'elle accomplissait pendant que les clients dînaient.

– Encore une fois, cela ne prouve rien, ajouta Sam, après avoir rendu compte aux autres de sa mission.

– Cela peut vouloir dire qu'il n'a pas mis les pieds à l'hôtel hier, de toute la journée, répliqua Liz.

– C'est bien ce que nous craignons, répondit Sam.

– Nous aurions dû le remarquer, insista Liz.

– Un peu de bon sens, Liz, protesta Sue. Nous ne sommes pas chargés de le surveiller. Je rejoins Hilda chez le coiffeur. Et toi ?

– Vas-y. Je ne pourrais pas rester tranquille, répondit Liz. Je vais aller me promener. Dans les limites autorisées, bien entendu.

Le chalet du professeur était sûrement dans la zone permise. Patrick et son bon sens l'aideraient peut-être à ramener les choses à leur juste mesure.

Il faisait très humide dehors et le village était d'un calme absolu. Les passants marchaient avec précaution, comme si une allure trop vive risquait d'entraîner des vibrations susceptibles d'ébranler les amas de neige qui coiffaient les sommets. D'instinct, Liz avait aimé la montagne quand, pour la première fois, elle avait vu le mont Blanc, nacré de rose à la pointe du jour. Elle était alors collégienne. Aujourd'hui, elle la haïssait. Les conditions climatiques exercent des effets intenses sur l'humeur des hommes. Ici, manifestement, la nature était demeurée essentiellement sauvage, et elle ressentit subitement une âpre nostalgie pour le damier coloré de la campagne anglaise et pour son douillet appartement de Bolton Gardens.

Au bout de la rue du Gentiana, elle prit à droite la route de Kramms et poursuivit d'un bon pas jusqu'à ce qu'elle tombât sur la barricade de barbelés précédée d'une pancarte ; imprimé en rouge et rédigé en plusieurs langues, l'arrêté du bourgmestre interdisait d'aller au-delà. Après en avoir pris connaissance, elle fit demi-tour et revint au village. Elle s'arrêta près du pont et contempla l'eau qui stagnait, noire et inquiétante. Sur l'autre rive s'élevait la clinique, austère bâtiment de béton dont chaque fenêtre avait son balcon. C'est là qu'était la pauvre June, avec sa fracture, sa broche et son plâtre. À l'idée de ce que June endurait, Liz se sentit encore plus déprimée. Il faudrait qu'elle aille la voir. Sue l'avait déjà fait la veille.

Elle remonta la rue vers le Grand Hôtel ; un peu au-delà, une autre barricade semblable à la première l'arrêta. Elle revint alors sur ses pas et prit la montée qui menait à l'église et au chalet du professeur Klocker.

Patrick lui ouvrit.

– Une femme ! Exactement ce qu'il nous faut ! s'exclama-t-il joyeusement. Entre Liz, tu es la très bienvenue. Helga est coincée à Kramms où elle est allée voir sa fille hier soir. Max et moi sommes livrés à nous-mêmes. Viens nous sauver, je t'en conjure.

– Dois-je comprendre que vos brillants cerveaux ne peuvent venir à bout d'humbles travaux domestiques ? demanda Liz caustique.

– Tu oublies combien nous sommes d'ordinaire dorlotés l'un et l'autre. Au St Mark's College, tout ce que j'ai à faire, c'est une tasse de thé ou de Nescafé de temps à autre. Quant à Max, il dispose à Innsbruck d'une réplique vivante de Helga, qui prévient ses moindres désirs.

– Menteur ! Je sais parfaitement que tu sais faire cuire des saucisses, repartit Liz qui songeait à un matin de mai, vieux d'une dizaine d'années.

– On ne trouve pas de modestes saucisses à Greutz, répondit Patrick, l'espèce locale est beaucoup plus sophistiquée. Mais ce joyeux badinage est simple ruse pour dissimuler mon ravissement de constater que tu es incapable de te passer de moi.

Il lui ôta son anorak qu'il alla secouer dehors comme une parfaite maîtresse de maison, regarda ses bottes engluées de neige et, avant qu'elle pût les ôter, la prit par le bras et l'embrassa. Instinctivement, elle posa la tête sur son épaule. Il était ennuyeux, pédant, parfois exaspérant ; mais il était sûr et c'était son ami.

– Liz chérie ! s'exclama-t-il en la serrant dans ses bras avec chaleur.

Elle était au bord des larmes.

– Qu'est-ce qui ne va pas ? fit-il d'un ton pressant. Dois-je poignarder pour toi l'homme en question ?

Liz fit un effort pour se contrôler et se mit à rire, d'un rire mal assuré.

– Pas à ce point, dit-elle. Ne te moque pas, je t'en prie : j'ai l'impression de ne plus être tout à fait moi-même avec tout ce qui se passe. Patrick, un des clients du Gentiana a disparu.

– Pas celui pour qui tu as un faible ? Pas Whittaker ?

Donc, il avait remarqué. Il la connaissait beaucoup trop bien. Elle se contenta de secouer la tête.

– O.K. Néanmoins, il y a quelque chose. Viens et raconte-moi ça.

– Laisse-moi d'abord enlever mes bottes, dit Liz.

Elle renifla et, comme une gosse, s'essuya le visage sur la manche de son sweater; puis elle ôta ses bottes et se redressa.

– Où est le professeur ? demanda-t-elle. Il prépare le déjeuner ?

– Non, il peaufine son œuvre. Il est à des années-lumière de nous, avec Marlowe, dit Patrick. Il n'a pas dû nous entendre. Viens à la cuisine, tu me raconteras.

Si grande fût-elle, la détresse de Liz ne l'empêcha pas de rire sous cape à la vue des préparatifs de Patrick : deux escalopes de veau disposées sur une planche, entourées de champignons, d'oignons émincés et d'un sachet de petits pois surgelés. Sur la table couverte d'une nappe à carreaux rouges et blancs, le pain, le beurre et le fromage étaient disposés. La bouteille était ouverte, pour que le vin s'aère.

– Quelle délicieuse petite épouse tu aurais fait, dit-elle.

– Je constate avec plaisir que ça va déjà mieux. Si tu arrives encore à sourire, tout espoir n'est pas perdu, dit Patrick.

Il ouvrit un buffet, sortit une bouteille de rhum et lui servit un petit verre.

– Max entrepose les autres alcools dans son bureau et nous n'allons pas le déranger dans son travail. Son éditeur lui a fixé une date limite pour ce livre. Le rhum est un excellent remontant. Commence par boire ; ensuite, tu raconteras.

Ils s'installèrent à table, et Liz raconta tout ce qu'on savait pour l'instant de Bernard.

– Mais, mon chéri, tu tires des conclusions hâtives. Il est probablement au lit avec une fille bien roulée, et ce jusqu'à la fin du blocus, dit Patrick quand elle eut terminé.

– Tu ne l'as jamais vu ; du moins, tu ne lui as jamais parlé. Il n'est pas comme ça. N'importe qui d'autre, peut-être ; même toi, bien que je me pose parfois des questions. Mais pas Bernard.

– J'ignorerai provisoirement l'insulte implicite, dit Patrick avec dignité. Parlons peu, parlons bien : tu veux dire qu'il est homo ?

– Non, je ne pense pas qu'il soit homo. Je ne pense même pas qu'il soit un de ces types asexués qui ne sont ni d'un bord ni de l'autre. Je crois que Bernard est quelqu'un qui aimerait mais qui n'ose pas. Hilda Derrington l'a qualifié d'étudiant prolongé, ce qui témoigne d'autant plus de perspicacité de sa part qu'elle ne l'a vu qu'une fois. Il ne tient pas en place ; il est toujours prêt à filer comme une flèche vers un mystérieux rendez-vous, mais je ne l'ai jamais vu danser, ni même parler à une fille, sauf s'il y est littéralement acculé. Samedi soir, au night-club, après ton départ, Fiona l'a entrepris et serré de près. Elle était complètement ivre et ne devait même pas savoir contre qui elle se frottait. Lui était horriblement gêné. Je pense que cette allure hâtive et fiévreuse qu'il se donne n'est qu'une comédie ; pour avoir l'air perpétuellement occupé.

– Fiona et Bernard sont-ils partis ensemble ?

– Je ne sais pas. Je ne suis pas restée pour voir. Sue traînait avec son Hollandais et je suis montée la première.

– Avant les autres ? Les Whittaker et Irwin ?

– Oui, mais je ne crois pas qu'ils aient tardé longtemps. Tu penses que c'est important ?

– Pour l'instant, je ne sais pas. J'imagine que Fiona n'a pas disparu elle aussi ?

– Non, elle est bien là. Elle a fait un transfert sur Roy Foster, le type dont la femme s'est cassé la jambe.

– Hum, fit Patrick sobrement, en remplissant le verre de Liz. S'il n'a pas reparu après le déjeuner, appelle-moi et je passerai.

– Mais que peux-tu faire ? S'il s'est perdu dans la montagne, c'est sans espoir. Personne ne peut partir à sa recherche par un temps pareil. S'il a fait une chute, il est enseveli sous la neige. Tu sais comment c'est quand on tombe d'un tire-fesses ou d'une luge dans une congère, il est pratiquement impossible de s'en tirer. S'il a passé toute la nuit en haute montagne…

– … il est probablement sain et sauf dans un refuge, l'interrompit Patrick. L'altitude ou le temps ou peut-être les deux te jouent de méchants tours, mon chou, dit-il avec douceur en lui tendant la main en travers de la table.

– Oh, Patrick ! Pourquoi ne puis-je pas tout simplement être amoureuse de toi ? Au moins, je saurais où j'en suis ! s'écria-t-elle d'un ton désespéré.

– Liz, ma chérie, tu sais que je te suis tout acquis. Alors, je t'en prie, ne te gêne surtout pas pour m'utiliser comme un prophylactique. C'est ce dont tu as besoin, je crois, dit-il d'un ton grave. Tant que rôde la dangereuse infection, sois amoureuse de moi. Juste pour une ou deux semaines.

Elle baissa les yeux vers leurs mains jointes. Puis libéra la sienne.

– Un jour, tu tomberas amoureux, toi aussi. De quelqu'un qui se fichera éperdument de toi, prédit-elle.

– C'est possible, dit Patrick. Alors, tu me consoleras.

II

Bernard n'était pas rentré pour le déjeuner et l'enquête menée dans le village n'avait rien donné. Il était à présent officiellement admis qu'il y avait lieu d'être inquiet. En dépit du temps, les moniteurs s'apprêtaient à partir à sa recherche sur les pistes.

Le groupe du Gentiana les regarda s'éloigner en télésiège ; ils encouraient de graves risques sur cette neige molle et poudreuse.

– Qui aurait dit que ce serait Bernard qui nous causerait des embêtements ? s'étonna Sue.

– Personnellement, je suis indignée que nous ne nous soyons pas aperçus plus tôt de sa disparition, répondit Penny. J'aurais dû m'en rendre compte dès hier.

– Vous n'êtes pas censée nous compter tous les jours, fit observer Liz. C'est un peu sa faute si nous n'avons rien remarqué plus tôt : il est tellement insignifiant.

– Il y a toujours un type de ce genre dans les voyages organisés, dit Penny. Un célibataire qui n'est plus de la première jeunesse et ne s'intègre pas au groupe. On se demande d'ailleurs pourquoi ils s'inscrivent.

– Pour pouvoir en parler après, dit Liz. Pour faire l'important au bureau. Vous pouvez être sûre que Bernard s'arrange pour faire croire que, sorti de son milieu, il est superman en personne.

– Vous avez peut-être raison, dit Penny. Avouez quand même que c'est bizarre. Franchement, ça ne doit pas être folichon !

– Il y a des gens qui ne savent pas comment s'y prendre pour être heureux, dit Francis.

– Ou qui ne savent pas reconnaître quand ils le sont, ajouta Liz.

– Ou qui n'ont pas encore appris qu'absence de malheur est synonyme de satisfaction, renchérit Sam, les yeux dans le vague.

Rassemblés près de la grande baie vitrée du salon, ils prenaient le café.

– C'est un point de vue bien négatif, objecta Francis.

– Sans doute, mais la plupart d'entre nous doivent s'en contenter, repartit Sam. C'est la seule façon de vivre.

– Si vous voulez mon avis, déclara Sue, cette recette est tout simplement lamentable.

– Moi, je suis d'accord avec Sam, dit Liz. La plupart des gens attendent de l'existence plus qu'elle ne peut donner.

– C'est affreux de penser qu'en ce moment Bernard est peut-être là-haut, dit Penny, tenaillée par une inquiétude plus concrète. Égaré dans la montagne. Traitez-le de lavette si vous voulez, ça n'en est pas moins terrible.

– Oui, terrible, acquiesça Barbara.

Malgré sa prétendue indifférence et ses airs supérieurs, elle était pâle et avait les traits tirés.

– Descendons au village, décida Liz. Au moins, nous serons sur place s'il y a des nouvelles. Nous ne pouvons pas rester ici à broyer du noir et à philosopher en attendant l'heure du thé.

Tous furent d'accord et ils se dispersèrent à la recherche de leurs vêtements. Frau Hiller, qui avait écouté leur conversation sans s'y joindre, déclara qu'elle ne bougerait pas. Une fois équipés, les autres quittèrent l'hôtel en peloton serré.

Le télésiège mis en marche avait éveillé chez les optimistes des espoirs fallacieux. Accourus au bas des pistes qu'ils croyaient ouvertes, ils repartaient déçus. À part eux, les promeneurs étaient rares.

– Nous devrions nous démener un peu plus, déclara soudain Liz, et demander à toutes les personnes que nous croisons si elles ont vu Bernard. Je sais que l'on a déjà enquêté dans les hôtels mais il y a les locataires des chalets et les gens du cru… Quelqu'un a pu le remarquer.

– Un Anglais ni vieux ni jeune, qui mesure environ un mètre soixante-quinze, qui porte lunettes, fuseau beige et anorak noir, récita Sam. Il doit bien y avoir en ce moment dans la station une cinquantaine de types qui répondent à ce signalement. À commencer par Francis et par moi. Freddie est plus grand, ajouta-t-il, en se tournant vers l'éleveur de visons, mais ça ne change rien. Avec nos bonnets, nous avons pratiquement la même silhouette et les lunettes fumées nous rendent méconnaissables.

Il avait raison.

Parvenus au pont, ils scrutèrent la montagne. Mais il faisait trop sombre pour qu'ils puissent repérer les silhouettes des secouristes, munis de perches longues et minces pour sonder les congères sur les côtés de la piste.

Penny se détacha du groupe pour aller voir le bourgmestre. Liz observait une silhouette solitaire sur le balcon du chalet du professeur, au-delà de l'église. Avant de quitter le Gentiana, elle avait téléphoné à Patrick pour l'avertir que Bernard était toujours porté manquant.

Penny revint abattue de sa visite au bourgmestre. Les risques d'avalanche étaient tels qu'il était hors de question de faire appel à un hélicoptère. Sensible aux moindres vibrations, le manteau neigeux se décollerait ici ou là. De toute façon, le temps et l'absence presque totale de visibilité interdisaient aux hélicos de voler en montagne.

Sue et Barbara décidèrent d'aller voir June ; la clinique était à deux pas. Décidément allergiques à l'inaction, les Derrington optèrent pour le Grand Hôtel et sa piscine. Demeurée sur place avec Francis, Sam et Penny, Liz les quitta brusquement, disant qu'elle rentrait à l'hôtel. Son ton et son allure décidés dissuadèrent quiconque de s'offrir à l'accompagner. Mains dans les poches et tête baissée, elle marchait vite, les yeux fixés sur la neige déjà souillée de la route et elle aurait croisé Patrick sans le voir s'il ne l'avait hélée.

– Pourquoi n'as-tu pas un anorak rouge ? lui demanda-t-elle à brûle-pourpoint, car, bien qu'il fût grand et costaud, il répondait lui aussi au signalement de Bernard.

– Je n'ai pas envie qu'on me prenne pour un moniteur de ski et j'aime m'habiller comme le Bleu foncé[1] que je suis. Pourquoi cette question ?

Elle lui expliqua.

– Irwin est un type judicieux, fit observer Patrick. Que sait-on d'autre sur l'ami Bernard ?

– Pas grand-chose. Il est plus vieux que je n'imaginais. Je lui donnais dans les trente-cinq ans mais il a dit une fois, incidemment, qu'il avait le double de l'âge de Penny, soit quarante ans passés. Il ne les porte pas. Juste quelques rides sur le front…

1. Dans le milieu du sport universitaire, les joueurs d'Oxford portent du bleu foncé, ceux de Cambridge du bleu clair. *(N.d.T.)*

– Tu veux dire que les soucis de l'âge n'ont pas encore gravé leurs sillons.

– Plus ou moins. Il est sans cesse sur le point de détaler. Peut-être que les rides n'ont jamais eu le temps de se former.

– Où est sa chambre ? Près de la tienne ?

– Non, il loge à l'annexe, derrière l'hôtel.

Sans mot dire, sans ralentir l'allure, Patrick dépassa le bâtiment principal du Gentiana et s'arrêta devant l'annexe. Il épousseta ses bottes avec le balai de genêt prévu à cet usage et entra.

– Puis-je savoir où nous allons ? l'interrogea Liz.

– Sais-tu quel est le numéro de sa chambre ?

– Tu ne peux pas y entrer.

– Pourquoi pas ?

– Quelqu'un pourrait te voir. Et tu n'as pas le droit.

– Tous les clients sont sortis. Ou alors, ils dorment. Je viens voir Bernard, tout simplement. Il pourrait être revenu, dit Patrick. Alors, ce numéro ? Tu préfères que j'essaie toutes les chambres ?

Il en était parfaitement capable, sans s'attirer le moindre ennui.

– Je crois que c'est la chambre trois, au premier étage, dit Liz. Je sais que Sam loge au quatre et ils sont voisins. Mais je te demande de ne pas entrer, Patrick.

Ignorant ses réticences, il grimpa d'un pas ferme l'escalier. Comme dans beaucoup d'hôtels alpins, les clés pendaient à un crochet près des portes des chambres. Patrick prit celle de la chambre trois et entra ; Liz le suivit à contrecœur ; il referma derrière elle.

C'était une petite chambre standard, parfaitement fonctionnelle et dépourvue du moindre luxe. Le mobilier rudimentaire comprenait un lavabo, une penderie en pin verni, un meuble de rangement près du lit, une table couverte d'un napperon blanc et une chaise droite. Il y avait une grande double fenêtre mais pas de balcon.

Sur la table de Bernard, deux brosses en ivoire, manifestement anciennes, portaient le monogramme DBW.

– Un héritage de son père, probablement, commenta Patrick.

En plus des brosses, il y avait une revue de mots croisés, un exemplaire du *Sunday Telegraph* daté du week-end précédent et deux cartes postales timbrées ; les adresses y étaient inscrites mais la partie correspondance restait à remplir. Sur l'étagère au-dessus du lavabo s'alignaient une bouteille de Steradent, une brosse à dents, un tube de dentifrice, de la crème à raser, un vieux savon, un blaireau usagé et un rasoir. Patrick ouvrit la penderie ; du côté étagères, il inventoria un polo bleu pâle crasseux, un sweater norvégien à motifs gris et blancs, une veste en laine, deux caleçons, deux paires de chaussettes et quelques mouchoirs de coton blanc. Deux pantalons de flanelle gris étaient suspendus à un cintre.

– N'est-ce pas le sweater qu'il portait samedi soir ? demanda Patrick.

– Non, il en avait un autre, noir et blanc. Celui-ci, il le porte dans la journée.

– Voyons les chaussures, dit Patrick en s'accroupissant.

Les chaussures de ski de Bernard occupaient le bas du meuble de rangement. Il n'y en avait pas d'autres, pas même des pantoufles.

– Tu te rends compte de ce que cela signifie ? demanda Patrick.

– Évidemment, repartit Liz. Il n'est pas sur le Schneiderhorn. Il n'aurait jamais pu skier sans ses chaussures. Il doit donc se trouver quelque part dans le village.

– Autrement dit, tous les secouristes partis dans la montagne perdent leur temps et risquent leur peau pour des prunes. Quand je pense que pas un membre de ton groupe n'a eu l'idée de mettre le nez dans ses affaires. Foutus Britanniques ! s'exclama Patrick irrité. Il avait forcément une autre paire de chaussures, celles qu'il portait sous ses caoutchoucs.

– Oui, des richelieu noirs. Je n'avais jamais remarqué ses caoutchoucs.

Patrick referma la penderie et ouvrit le tiroir du meuble près du lit. Il y trouva une boîte de pansements, trois doses d'Eno, un tube d'aspirine et des comprimés pour la digestion.

– Pas de lettres. Pas de photographies. Pas de papiers d'identité, commenta Patrick.

Il ouvrit le casier au-dessus de la penderie et passa la main dedans. Il était vide.

– Il doit porter son passeport et son argent sur lui, conclut-il. Nature soupçonneuse. Quelle petite chambre mesquine et quelle morne existence. Pourquoi n'avait-il pas sorti ses chaussures de ski dans le corridor pour les faire nettoyer, je me le demande. Apparemment, elles sont propres. Nous aurions su qu'il ne les portait pas car la femme de chambre l'aurait remarqué.

– Ici, on fait les chaussures le soir, pas le matin. C'est la femme de chambre qui ouvre les lits qui en est chargée, dit Liz. Il est possible qu'il les ait mises devant sa porte avant de descendre à la discothèque.

Un souvenir lui revint brusquement et son cœur bondit.

– Bien sûr qu'il n'a pu aller skier ! Nous aurions dû comprendre.

Et elle transmit fidèlement à Patrick ce que la

femme de chambre avait dit à propos du pyjama de Bernard.

– Seigneur ! Seigneur ! gémit Patrick en se prenant la tête à deux mains. Et personne n'a eu l'idée d'aller voir si ses chaussures étaient dans sa chambre. Il faut faire le nécessaire pour que les secouristes redescendent immédiatement. Attends une seconde. Je note les adresses en vitesse.

Il sortit son portefeuille dont il tira un calepin et écrivit les noms et adresses qui figuraient sur les cartes postales. Liz le regardait faire, déconcertée.

– Pourquoi fais-tu ça ? demanda-t-elle.

– Nous en aurons peut-être besoin. Mrs D.B. Walker à Woking, ce doit être sa mère. Quant à R.J. Fisher Esq., bureau du secrétaire général de la mairie de Wapshot, je suppose qu'il s'agit d'un collègue. Voilà.

Patrick remit les cartes postales où elles étaient, rangea son portefeuille et se tourna vers Liz.

– Viens avec moi et porte-toi garant de ma moralité près de Frau Scholler, dit-il. C'est le moyen le plus rapide d'obtenir que soit mis fin aux recherches dans la montagne.

Il fallait le faire. Liz présenta Patrick à Frau Scholler sous son titre de professeur à l'université d'Oxford et d'hôte du professeur Klocker. Puis, avec une honnêteté scrupuleuse, Patrick fit part à la patronne de l'hôtel de son initiative : comme personne ne se souvenait avoir vu la veille le skieur manquant sur le Schneiderhorn, il s'était demandé si, après tout, celui-ci était réellement allé skier ; c'était la raison pour laquelle il avait cherché ses chaussures.

Apparemment, Frau Scholler n'estimait pas que Patrick en avait trop fait. Elle le remercia et passa immédiatement un appel téléphonique.

– Les secouristes vont être avertis et rappelés, dit-elle. Merci, Dr Grant.

– J'ai moi-même un coup de fil à donner, chuchota Patrick à l'oreille de Liz. Mais je vais d'abord voir où sont ses caoutchoucs.

Laissant Liz ébahie, il disparut dans le vestiaire des hommes.

III

Pénétrée du principe que le simulacre des joyeuses vacances d'hiver devait être maintenu à tout prix, Penny avait décidé de distraire ses clients en organisant une soirée-fondue au Gentiana. Elle y avait associé le groupe du Silvretta dont les membres, qui ne connaissaient pas Bernard, étaient affectés de façon purement formelle par sa disparition. Il était hors de question pour les pupilles de Penny de se dérober sous prétexte d'un autre rendez-vous ; tout le monde était tenu d'accepter. À l'heure qu'il était, le village avait été systématiquement fouillé à la recherche de Bernard ; redescendus de la montagne sans incident, les secouristes avaient démarché tous les foyers en quête d'informations sur le disparu. Faute de passeport et de photographie, leur mission s'était avérée difficile, comme Sam l'avait prédit.

– Il reviendra, prophétisa Sue. Il est très capable de se cacher uniquement pour nous flanquer la trouille.

– Ne dis pas d'idioties, protesta Liz. D'accord, il est gourde mais il n'est pas stupide à ce point.

Elles étaient dans la chambre des Whittaker qui les avaient invitées, ainsi que Sam et les Derrington, à prendre un verre avant la fondue. Ils buvaient du gin allongé d'eau minérale dans des verres à dents et grignotaient des cacahuètes.

– Où a-t-il bien pu aller en quittant la discothèque ? s'interrogea tout haut Barbara. Normalement, il aurait dû courir tout droit au lit. Mais, d'après ce qu'a dit la femme de chambre, ce n'est pas le cas.

– Vous parlez de son pyjama ? Évidemment, ce serait moins inquiétant s'il avait disparu dimanche matin ; ses chances de survie seraient plus grandes. Personne n'aurait survécu dehors aux terribles chutes de neige de la nuit de samedi.

– L'épisode avec Fiona l'avait terriblement embarrassé, dit Sam. Peut-être espérait-il qu'une petite promenade lui rafraîchirait les idées.

– Vous voulez dire qu'il estimait que ce serait plus prudent que de la ramener à l'annexe ? demanda Sue.

– Ça n'est pas moi qui aurais laissé passer l'occasion d'aller à l'annexe avec Fiona, s'exclama bruyamment Freddie.

– Je te crois sur parole, dit sa femme.

– Oui, dit Sam en réponse à la question de Sue. À moins qu'il n'ait voulu lui laisser le temps de rentrer pour ne pas risquer de tomber sur elle. Je veux dire qu'il a pu s'attarder jusqu'à ce qu'elle soit rentrée.

Liz avait déjà envisagé avec Patrick toutes ces hypothèses. Il avait trouvé au vestiaire les caoutchoucs de Bernard, marqués à son nom à l'encre indélébile, comme des chaussures de collégien. Patrick les avait laissés où ils se trouvaient.

– Et si nous changions de sujet, dit-elle, en se détournant pour ne pas être en face de Francis. Ce n'est pas en remâchant tout ça que nous retrouverons Bernard.

– D'accord, dit Freddie. Moi, je n'aime pas la fondue et je réclame un vrai dîner avec quatre services pour ce soir.

– Nous devons tous faire un effort, ne serait-ce que pour Penny, protesta Barbara. La pauvre, elle est si consciencieuse qu'elle croit de son devoir de nous occuper sans relâche.

Barbara semblait très secouée par la disparition de Bernard ; elle avait déjà descendu en un temps record deux verres bien tassés.

C'est son devoir, dit Hilda. Mais toutes les accompagnatrices ne sont pas comme Penny. La majorité d'entre elles doivent à la chance plus qu'à leur organisation de vous embarquer dans le bon avion. Une fois sur place, elles vous déposent dans vos niches respectives et vous n'entendez plus parler d'elles avant quinze jours. À nous, ça nous est égal ; nous passons par une agence pour voyager moins cher, c'est tout. Mais pour les gens qui ne connaissent pas les ficelles, c'est moche.

– À mon avis, elles font ce job pour voir du pays, dit Barbara.

Vêtue de vert émeraude, elle avait relevé ses cheveux blonds. Plusieurs bracelets tintaient à ses poignets.

– Ou pour trouver des hommes, suggéra Hilda.

– Peut-être qu'elles aiment le ski, tout simplement, dit Francis.

– En tout cas, cela réussit à Fiona, dit Sue. Elle cicatrise à vue d'œil.

– Que voulez-vous dire ?

– Elle sort d'une affaire de cœur ratée. Elle devait épouser un garçon qui l'a laissée choir sans crier gare. Penny l'a convaincue de venir s'aérer à Greutz pour se remettre et elle lui a trouvé un job. C'est pour ça qu'elle se sent tellement responsable de Fiona.

– Qui ne s'est pas gênée pour s'accrocher à Roy, dit Barbara. Le classique rebond, sans doute.

– Elle aurait pu rebondir ailleurs que dans les bras de Roy, dit Liz. Les hommes seuls ne manquent pas à Greutz.

– June était décomposée cet après-midi, quand nous l'avons vue, dit Sue. N'est-ce pas, Barbara ?

– Roy a passé cinq minutes près d'elle en tout et pour tout ce matin, confirma Barbara.

– Peut-être qu'il ne supporte pas la vue d'une malade. Il y a des gens comme ça, dit Sam.

– Eh bien, moi, je préférerais cent fois une Fiona avec deux jambes plâtrées à la pâle June, ivre ou sobre, déclara Freddie.

Lui et Sam étaient assis côte à côte sur un des lits ; Hilda et Sue disposaient des seules chaises de la pièce.

– Rappelle-toi, Hilda, le voyage avec elle, reprit Freddie. Dans l'avion, elle était nerveuse ; dans le bus, elle s'est sentie mal. La vierge anglaise à l'ancienne mode... Drôlement assorti le jeune ménage ! Foster aurait dû s'offrir un numéro plus fougueux, conclut-il, les yeux braqués sur Barbara étendue sur le lit, svelte et gracieuse.

Liz n'avait cessé d'observer ses compagnons pendant cette discussion ; elle était si tendue qu'il lui semblait que l'air de la pièce crépitait. À présent, c'était Francis qui fixait sur sa femme un regard interrogateur. Barbara était indéniablement très séduisante. Liz reporta son regard sur Freddie, puis sur Hilda, et elle perçut dans les yeux de Hilda le reflet de ses propres pensées. Non, elle n'imaginait pas toutes ces tensions ; elle les percevait car elles étaient bien réelles.

Elle se leva.

– Allons-y, dit-elle. Il est huit heures passées. Penny va s'imaginer que nous nous sommes tous perdus.

Dans la *Stube* où la fondue avait lieu, on avait disposé trois tables de huit personnes. Penny et ses dix clients du Silvretta – ils avaient tous moins de trente ans – les y attendaient, ainsi que Roy et Fiona. À en juger par le bruit, l'ambiance de la soirée était déjà créée. Patrick, le professeur Klocker et Jan attendaient eux aussi, un peu à l'écart, un peu guindés malgré leur tenue décontractée.

– Nous dînons avec vous, annonça Patrick. Penny nous a invités.

– Une sacrée surprise ! Mais j'aurais dû m'en douter, murmura Liz.

– Comment ça ? Tu n'es pas contente ? demanda Patrick. Et moi qui croyais que tu avais besoin de moi.

– Tu sais très bien que je suis ravie, grand dadais ! Et ces deux-là le sont aussi, fit-elle en désignant Sue et Jan.

Penny, souriante, accueillait tout son monde et les serveuses entrèrent avec les réchauds à alcool qu'elles placèrent au milieu des tables et dont elles réglèrent la flamme. Roy, Fiona et six clients du Silvretta, occupèrent d'autorité une des tables. Les quatre autres clients de l'hôtel rival s'installèrent à la seconde où Penny s'offrit à les rejoindre.

– Nous avons besoin de trois convives de plus, dit-elle. Pourquoi pas Jan, Sue et Sam ?

Sue prit place entre les deux hommes sans dissimuler son plaisir. Sam paraissait content, lui aussi ; il avait, semblait-il, surmonté ses inhibitions et Liz se demandait s'il n'était pas tout simplement timide. Ceux qui restaient se répartirent autour de la troisième table où Liz se retrouva entre Francis et le professeur Klocker. En face d'elle, Patrick était entouré de Hilda et de Barbara. Venait ensuite Freddie et une place vide.

– Seigneur, on a mis un couvert pour Bernard, murmura Liz.

Francis appela discrètement la serveuse qui, rouge de confusion, fit disparaître le couvert.

– Charmant début de soirée, dit Francis à mi-voix.

Aux autres tables, personne n'avait rien remarqué. Tout le monde suivait avec intérêt l'arrivée des plats d'épices et de garnitures, puis celle des immenses plateaux chargés de viande crue, débitée en cubes. Bientôt, l'odeur et le grésillement de la viande saisie dans l'huile bouillante au bout des longues brochettes emplirent la salle à manger.

– Quelle riche idée de laisser aux clients le soin de cuire leur dîner, marmonna Patrick, qui fourrageait dans le chaudron à la recherche d'un morceau de viande tombé de sa brochette. Grâce à quoi, la brigade de la cuisine peut dételer pour un soir !

– Tu parles d'une escroquerie ! grogna Freddie. Ils vont nous faire payer la fondue en supplément du tout-compris. Plus le vin. Quelqu'un a commandé le vin ? Non. Bon, je m'en occupe.

Interpellée, Else disparut prestement et revint avec deux grandes carafes de gros vin rouge du pays.

– Je sens d'avance que nous le regretterons demain, dit Liz d'un ton sinistre, après avoir vidé son verre et laissé Francis l'emplir de nouveau.

– Mais que vous êtes pessimiste, Liz ! la rabroua Francis. Vous ne cessez de craindre le pire. Pourquoi penser à demain ? Occupez-vous d'abord de passer agréablement la soirée.

– Cela va être dur, dit Liz.

– Pas forcément, répondit-il avec placidité. Contentez-vous de vivre l'instant présent.

L'instant présent et la proximité de Francis… Liz but à nouveau. Parfois, cela aide.

À travers la table qui les séparait, Hilda avait entrepris le professeur sur l'inépuisable sujet du temps.

– Il va sûrement s'améliorer, dit-elle.

– Statistiquement parlant, il le devrait, répondit doctement le professeur. Hélas, il fait trop doux et le baromètre est trop bas. Je crains que l'amélioration ne soit pas pour demain. Encore que le temps puisse changer brusquement.

– Nous étions à Zermatt quand une avalanche nous a coupés du monde pendant plusieurs jours, reprit Hilda. Les gens étaient d'une humeur de dogue.

– Il est extrêmement déplaisant de se savoir prisonnier d'un lieu. Où que ce soit, proféra Max.

– Ça vous gâche complètement vos vacances, renchérit Hilda. Et quand ce sont les seules que vous pouvez prendre de toute l'année…

– Vous ne partez pas en été ? De nos jours, beaucoup de gens s'offrent des vacances deux fois par an.

– Pas les éleveurs de visons, croyez-moi ! rétorqua Hilda d'un ton aigre. Nous sommes trop fauchés ! En plus, l'été, nous sommes occupés par les petits. En fait, Freddie a passé une semaine à Malte l'été dernier mais c'était parce qu'un de ses oncles était mort là-bas ; il fallait qu'il s'occupe de la succession. J'étais seule à la maison à pouponner les bébés…

– Parlons-en ! l'interrompit Freddie. Quand je suis rentré, la moitié des mères avaient dévoré leur portée.

– Je n'y étais pour rien ! protesta Hilda.

– Quelle horreur ! s'exclama Barbara. Pourquoi font-elles ça ?

– Ces ravissantes petites bêtes sont des brutes imprévisibles, expliqua Freddie. Un bruit soudain, un avion qui survole l'élevage à basse altitude, par exemple, et les voilà chamboulées, prêtes à se livrer au carnage.

– C'est ce qui s'est produit ?

– Oui. Un ami de Hilda, un vrai cinglé, est venu la voir en hélico. Atterrissage sur la pelouse !

– Êtes-vous assuré dans un cas pareil ? s'enquit Patrick.

– Non, répondit sèchement Freddie. La Volonté divine n'y était pour rien. Perte sèche.

– Je crois me rappeler que vous étiez à Malte l'été dernier, Mrs Whittaker, dit Patrick. Vous m'en avez parlé l'autre soir.

– Vous avez bonne mémoire, Dr Grant. J'ai une amie d'enfance qui vit là-bas. Je vais la voir tous les ans.

– Je m'étonne que vous n'ayez pas rencontré Freddie, intervint Hilda. Malte est un mouchoir de poche où tout le monde connaît tout le monde.

– Comment l'aurais-je rencontré si je n'y étais pas à la même époque ? répondit Barbara d'un ton suave.

Elle parlait encore quand la lumière vacilla ; les conversations cessèrent et tout le monde entendit un long grondement, semblable au tonnerre ou à une explosion prolongée, dont l'écho se répercuta plusieurs minutes, sembla-t-il. La lumière vacilla de nouveau puis s'éteignit.

Sous les chaudrons, les flammes avaient à peine tremblоté et les convives, surexcités, parlaient tous à la fois.

– N'ayez crainte, dit le professeur d'une voix calme. Ce n'est pas près d'ici. Il n'y a pas de danger pour Greutz.

– Pourtant, j'ai eu l'impression que c'était à deux pas, dit Liz.

Dans la pénombre, Hilda choisit au petit bonheur un cube de viande et le plongea dans le chaudron.

– C'est l'écho venu de la vallée qui donne cette impression, répondit le professeur. L'avalanche a dû se produire à près de deux kilomètres.

Le brouhaha des conversations avait repris. Malgré les objurgations instantes de Penny, les jeunes du Silvretta voulaient aller voir sur place ce qui s'était passé. L'arrivée de Frau Scholler, portant un chandelier, d'Else et d'une autre serveuse chargées de bougies fichées sur des bouteilles, calma le tumulte. Frau Scholler annonça que nul ne savait encore exactement où l'avalanche était tombée, mais ce n'était en tout cas pas sur Greutz; plutôt du côté de Kramms, peut-être là où une petite avalanche avait eu lieu quelques jours plus tôt. Le téléphone marchait normalement et l'on aurait bientôt des nouvelles; en revanche, le courant électrique était coupé.

Le repas reprit à la lumière des bougies mais un malaise planait à présent. Au bout d'un moment, le professeur se pencha vers Patrick.

– Je suis un peu inquiet pour Helga, lui confia-t-il, avant d'ajouter à l'adresse des autres convives : Je dois rentrer chez moi, si vous voulez bien m'excuser. J'attends un coup de téléphone.

– Bien sûr, Max. Je rentre avec vous, dit Patrick.

– Non, Patrick, non. Restez et profitez de votre soirée. Vous ne pouvez rien faire. Mais je souhaite être chez moi où l'on peut me joindre. Je suis trop vieux pour être d'une réelle utilité en cas de besoin. Ce qui n'est pas votre cas. Puisqu'il n'y a pas de dégâts sérieux, vous m'apporterez les nouvelles plus tard.

Le professeur fit ses adieux et sortit.

– Nous avons en tout cas un médecin au village, au cas où il y aurait des blessés, dit Barbara. Comme c'est terrible d'être assis là, impuissants, alors que des gens sont peut-être ensevelis.

– Croyez-vous que nous puissions faire quoi que ce soit ? demanda Patrick à Francis.

– Les gens d'ici connaissent parfaitement leurs missions respectives dans ce genre de situation, répondit Francis. S'ils ont besoin de nous, ils le diront. Si nous

nous précipitons pour essayer de savoir ce qui s'est passé, nous ne ferons que les gêner.

Penché vers sa voisine, Jan se lamentait bruyamment.

– Pas de croissants pour Sue ce matin ! Pas de ski pour moi cet après-midi ! Et pas de musique pour danser ce soir tous les deux !

Avec une vivacité qu'on ne lui connaissait pas, Sam se leva d'un bond. Il traversa la pièce, ouvrit le couvercle du vieux piano relégué dans un angle, s'assit et esquissa un air syncopé des années cinquante. Fichu Sam ! Il jouait bien et même très bien ! Les pieds vous démangeaient. Jan embarqua Sue, Freddie suivit l'exemple, Patrick choisit Barbara, et Francis invita Liz...

Penny avait réussi son coup : on avait oublié Bernard.

Mardi

I

Le lendemain, un petit garçon qui se rendait à l'école laissa tomber une bille sur le pont de bois couvert. Elle resta coincée entre deux planches et l'enfant s'accroupit pour essayer de la récupérer. Par la fente, il aperçut une chose étrange qui sortait de l'eau sombre : le bras d'un homme et sa main gantée. Bernard était retrouvé.

On protégea immédiatement les abords du pont de la curiosité avide du public et le bourgmestre supervisa l'enlèvement du corps de Bernard. Son autre bras était coincé entre deux rochers et sa tête flottait au gré d'un lent tourbillon.

Du balcon du professeur, Patrick se rendit compte d'une activité anormale. Il se précipita et arriva juste à temps pour voir le corps émerger de l'eau. On l'étendit sur une civière et quelqu'un le couvrit d'un plaid. La clinique était proche ; Patrick y pénétra d'autorité à la suite de la civière.

Accablé de soucis consécutifs à l'avalanche, le bourgmestre exprima sa gratitude à l'égard du compatriote du défunt, disposé à partager avec lui les responsabilités de cette autre catastrophe. Soucieux de lui prouver la pureté de ses intentions, Patrick lui montra son passeport et fut autorisé à voir Bernard, à présent étendu sur une table nue dans une pièce vide. Il se demandait si la clinique avait souvent à s'occuper de défunts mais la chose était peu probable ; elle devait prodiguer les premiers soins aux sportifs accidentés mais évacuer les patients gravement atteints vers l'hôpital de la ville.

– Pouvez-vous vous charger de prévenir la famille, Dr Grant? demanda le bourgmestre. Je vous en serais vraiment reconnaissant. Une enquête aura lieu sur place. Simple formalité, bien entendu : Herr Walker est tombé accidentellement dans la Ziller. Cependant, avant de pouvoir y procéder, nous devons impérativement réparer les dégâts dus à l'avalanche de cette nuit et faire le nécessaire pour rouvrir les routes.

Patrick parlait correctement l'allemand et comprit sans peine le dilemme du bourgmestre. L'avalanche avait balayé un petit chalet, ensevelissant ses quatre habitants, et un gigantesque barrage de neige, d'arbres déracinés et de débris de tout genre bloquait la route. Tous les hommes valides travaillaient à la dégager.

La commune fournirait un cercueil de pin. La famille souhaiterait évidemment que ce triste fardeau soit rapatrié sitôt que les circonstances le permettraient. Le bourgmestre déplorait profondément ce décès et il était navré qu'il se fût produit à Greutz. L'autopsie exigée par la loi aurait lieu dès que possible mais le Dr Wesser n'était pas le médecin légiste de la circonscription; l'autopsie, donc, attendrait. De toute façon, il s'agissait d'une formalité.

– Regardez ses chaussures, dit le bourgmestre. Tout à fait inappropriées.

De fait, Bernard portait des richelieu noirs à semelles de cuir, pas adaptées du tout à la marche dans la neige.

– Étant docteur, vous comprenez certainement quelle a été la cause de la mort. Il a dû déraper, tomber dans la Ziller et se noyer, dit le bourgmestre.

Patrick ne releva pas le malentendu. Aussi longtemps qu'on n'attendait pas de lui qu'il soigne des malades, cette méprise pouvait être utile.

– Puis-je prendre ses papiers pour les mettre en sécurité ? demanda-t-il.

– Bien sûr, acquiesça le bourgmestre, soulagé que l'Anglais le relève d'une partie de ses charges.

Patrick se pencha sur le corps. L'anorak fermé jusqu'au menton était trempé. La poche de poitrine saillait fortement et Patrick en retira non sans mal un épais portefeuille de cuir, assez grand pour contenir un passeport. Il jeta un coup d'œil rapide sur son contenu puis enveloppa l'objet dans son mouchoir. Ensuite il observa minutieusement le visage de Bernard dont le front était barré de mèches de cheveux collées. Une faible rougeur marquait les pommettes et le tour de la bouche. Il inclina doucement la tête de côté : pas de rigidité cadavérique. En revanche, ses doigts rencontrèrent une bosse derrière une oreille. Il examina attentivement le nez et l'intérieur de la bouche béante, puis les mains, doigt par doigt. L'examen terminé, il se redressa.

– Je vous remercie, dit-il au bourgmestre. Je vais dire à mes compatriotes ce qui est arrivé et prendre des dispositions pour prévenir la famille. Je reviendrai plus tard chercher les vêtements qu'il portait, si vous voulez bien en prendre soin. Il peut y avoir d'autres papiers dans ses poches.

– Bien entendu. Je vais donner des instructions pour que tous ses effets vous soient remis, dit le bourgmestre.

Il était sincèrement content que le défunt fût un voyageur solitaire qui ne laissait pas derrière lui une veuve inconsolable.

Lorsque Patrick quitta la clinique, les badauds s'étaient dispersés. C'était l'heure de la classe pour les écoliers et, pour les vacanciers, celle du café matinal. Patrick se rendit tout droit au Gentiana et monta directement dans la chambre de Liz, où la femme de chambre faisait les lits. Elle parut surprise de le voir entrer, mais il lui dit d'un ton impérieux être l'ami des dames anglaises qui allaient remonter dans un instant; il entra dans la salle de bains dont il ferma la porte à clé. Pour tranquilliser la femme de chambre, il ouvrit un robinet. Puis il sortit de sa poche le portefeuille de Bernard et l'ouvrit. Il en tira des documents qu'il étala sur les rebords de la fenêtre, du lavabo et de la baignoire. Ensuite il tira la chasse d'eau, à l'intention de la femme de chambre, et ouvrit la porte.

La jeune femme avait terminé les lits et regardait Patrick d'un air dubitatif. L'arrivée de Liz la tranquillisa.

– Patrick ! Mais qu'est-ce que tu fiches là ? s'exclama celle-ci.

– Dis à la femme de chambre que je suis ton copain. Elle me soupçonne de noirs desseins.

– *Das Herren ist mein Freund, is gut !* bredouilla Liz laborieusement.

Avant de quitter la pièce, la jeune femme accompagna sa petite révérence d'un sourire timide et d'un regard entendu.

– Tu fais une drôle de linguiste, dit Patrick, une fois la porte fermée. Elle n'a plus le moindre doute sur mes intentions.

Liz estimait qu'il était trop tôt pour ce genre de badinage.

– Pourquoi es-tu ici ? Qu'est-ce qui t'arrive ? demanda-t-elle.

– On vient de retrouver Bernard.

– Oh ! fit Liz en se laissant tomber sur son lit. Bien sûr, il est mort.

– Hélas oui, dit Patrick.

Après un silence, il lui apprit dans quelles circonstances le corps de Bernard avait été retrouvé.

– Quelle horreur ! s'exclama Liz. Pauvre petit gamin ! Pauvre Bernard…

– Oui, tout ça est affreux, acquiesça Patrick.

– Ce malheureux Bernard… Je continuais d'espérer qu'il reviendrait. Qu'est-il arrivé ? Il est allé se promener et il est tombé dans la Ziller ?

– C'est ce que pense le bourgmestre. Personnellement, je ne suis pas convaincu que ce soit aussi simple. Viens voir, fit-il en désignant la salle de bains.

Rompue depuis des années à l'art de ne pas s'étonner des réactions atypiques de Patrick, Liz le suivit sans discuter et découvrit les papiers de Bernard qui tapissaient les surfaces de la salle d'eau.

– Regarde-les. Prends-les si tu veux, la pressa Patrick.

Liz prit le passeport et l'ouvrit. Établi huit ans plus tôt, il montrait un Bernard bien en chair, aux cheveux plus fournis et ondulés. Un peu d'encre avait coulé, brouillant les informations. Elle regarda le portefeuille de cuir et le retourna. Parmi les papiers disséminés, elle identifia des tickets de l'école de ski, une carte d'abonnement aux remontées mécaniques, un carnet de traveller's chèques, une police d'assurance vacances, un billet d'avion et un bon de restaurant pour le voyage de retour. Plus une liasse de billets de banque froissés.

Tout à coup, elle comprit.

– Ils sont très humides mais pas trempés. Le portefeuille est imprégné mais l'eau n'a pas filtré au travers.

– Liz, tu es un chef ! approuva Patrick.

Néanmoins, il avait l'air absent et reprit, hésitant :

– Je me demande s'il faut les montrer aussi à Sue ou si tu suffiras.

– Si je suffirai à quoi ?

– Comme témoin.

– Je ne comprends pas.

– Non, décida Patrick, nous n'allons pas mettre Sue dans le coup. Elle est toquée de son Hollandais et n'a pas vraiment sa tête à elle. Liz, concentre-toi bien. Cela peut t'aider à garder ton équilibre. Bernard n'est pas mort noyé. S'il était immergé dans la Ziller depuis samedi soir, tous ses papiers auraient été si imprégnés d'eau que l'on n'aurait pas pu les manipuler. C'est vrai qu'il portait un anorak épais, matelassé, étanche et tout ce qu'on voudra. Néanmoins, au cours d'une immersion si longue, l'eau l'aurait pénétré. Par ailleurs, il y a d'autres indices.

– Des indices de quoi? demanda Liz qui préféra ignorer l'allusion de Patrick à son état émotionnel.

– Ses mains, sa bouche et ses narines... La peau des mains n'est pas ridée et il n'y a pas trace d'écume autour de son nez ou de sa bouche. Sans autopsie, cela ne constitue pas une preuve mais pour moi, c'en est une. Je soupçonnais déjà la chose.

– Pourquoi?

– Ses caoutchoucs. Un homme prudent au point de porter toujours ses papiers sur lui, même quand il passe la soirée dans son hôtel, ne serait jamais sorti dans la neige de son plein gré aussi dangereusement mal chaussé.

– Tu as raison. Il ne quittait jamais son portefeuille et le posait toujours près de lui sur la table, comme les femmes posent leur sac; ou alors, il gardait son anorak. Samedi, il avait son portefeuille dans la poche de sa chemise. Fiona qui souhaitait dormir contre sa poitrine trouvait l'objet très gênant.

– Quelle observatrice! admira Patrick.

– Trêve de compliments! Dis-moi plutôt où tu veux en venir.

– Si Bernard était tombé accidentellement dans la Ziller, parce qu'il était ivre, mettons – ce qui n'est pas le cas : vous êtes unanimes à dire qu'il buvait modérément –, il se serait noyé, expliqua patiemment Patrick. Mais il a une meurtrissure à la tête. Il a pu se cogner la tête en tombant mais je crois plutôt que quelqu'un l'a frappé et l'a laissé mourir de froid ou d'asphyxie, comptant sur la neige pour l'ensevelir.

– Oh ! Patrick ! Non ! Qui aurait pu vouloir la mort de ce pauvre Bernard ? Il était trop insignifiant pour avoir des ennemis. Personne ne l'aimait, je le sais, mais personne ne le détestait. Il ne connaissait personne ici. Attention, Patrick ! Tu te laisses emporter par ton imagination !

– J'espère que tu as raison mais je ne le crois pas, dit Patrick. Le Dr Wesser s'active en ce moment sur les lieux de l'avalanche où quatre personnes ont trouvé la mort mais, dès qu'il sera de retour à la clinique, je vais lui demander d'examiner la meurtrissure que Bernard porte à la tête. Jusque-là, la version officielle est la noyade et nous devons nous y tenir. Maintenant, il faut que nous prévenions Robin des Bois et les gens de ton groupe.

– Et sa famille. Il aurait une mère, d'après tes intuitions.

Liz reprit le passeport et lut tout haut :

– Né à Newbury en 1925. Mon Dieu, il était si vieux que ça. Profession : fonctionnaire. Pas d'adresse, évidemment.

– Il y avait ces deux adresses sur les cartes postales, rappelle-toi. J'espère avoir plus de renseignements sur lui dans la journée. J'ai appelé un de mes amis en Angleterre pour lui demander de faire une enquête. Je le rappellerai dans l'après-midi pour savoir ce qu'il a pu trouver.

– Patrick ! Tu veux dire que tu flairais quelque chose de louche avant même qu'on retrouve Bernard ? Que tu vas te livrer à tes stratagèmes habituels et susciter la panique ? Mettre le feu aux poudres, c'est ta passion, hein ?

Rouge d'indignation, Liz ne contrôlait plus sa voix et regardait Patrick avec horreur.

– Patrick, un jour, à force de fouiner dans les affaires des autres, tu finiras par aller trop loin.

Il l'avait laissée dire sans broncher et attendit un moment qu'elle se calme avant de répondre d'un ton sévère.

– Faire observer la loi est le devoir de tout citoyen. Et si quelqu'un suspecte un meurtre, il est tenu de parler, ou de rechercher la vérité, ou de faire l'un et l'autre. Ce sont les caoutchoucs qui ont éveillé mes soupçons. Si le pauvre garçon a été tabassé, j'espère que tu souhaites qu'il soit vengé. J'ai pensé que quelques détails relatifs à son milieu pourraient être utiles au cas où le pire serait arrivé. Mieux vaut essayer de résoudre discrètement tout ça, si nous le pouvons, avant d'alerter les autorités. Qui, de toute façon, sont pour l'instant débordées.

– Mais qui pourrait avoir… Tu veux parler de quelqu'un du groupe ? Je ne peux pas le croire. Je ne le croirai jamais.

– Tu dis qu'il était sans cesse sur le point de s'enfuir. Peut-être a-t-il vu quelque chose qu'il n'était pas censé voir.

– Tu veux dire qu'il faisait chanter quelqu'un ?

– Ce n'est pas exclu.

Liz se rappela brusquement le regard qu'avaient échangé Barbara Whittaker et Freddie Derrington la veille au soir, et la tension qu'elle avait sentie entre eux.

Grâce à Dieu, Patrick n'était pas là pour le voir et il ne pourrait pas s'en servir pour jeter de l'huile sur son feu imaginaire. Il y avait Roy, aussi. Roy collé avec Fiona, mais ce n'était un secret pour personne ; le côté flagrant de leur aventure était d'ailleurs un de ses aspects les plus odieux. Elle frissonna.

– Non, je ne le crois pas, déclara-t-elle. C'est trop monstrueux.

– Nous verrons, dit Patrick.

– Tu ne vas pas bouleverser tout le groupe ?

– Je n'en ai pas l'intention. Tout cela restera entre nous deux, jusqu'à ce que nous ayons une preuve, dit Patrick. Dis-moi, y a-t-il un endroit sûr ici où nous pourrions mettre les affaires de Bernard ?

– Ma valise. Mis à part mon passeport et mes traveller's chèques, elle est vide et elle ferme à clé. Les papiers de Bernard pourront finir d'y sécher. Mais, dis-moi, tu n'as pas l'intention de faire part à la police locale ou à qui de droit de ce que tu m'as dit ?

S'il le faisait et que les autorités concluaient hâtivement qu'il se trompait, l'affaire serait immédiatement close.

– Un court délai ne peut pas nuire. Notre homme, ou notre femme, ne peut s'enfuir et le bourgmestre est débordé par les suites de l'avalanche. Il n'y a pas de policier à Greutz ; il faudrait qu'il en fasse venir d'ailleurs, si bien que, de toute façon, l'enquête serait dans l'impasse jusqu'à ce que les routes soient rouvertes. Il n'y a rien à perdre et beaucoup à gagner peut-être si j'amorce dès à présent des recherches discrètes. Par ailleurs, ne l'oublie pas, il s'agit d'un sujet britannique, conclut Patrick.

Il se tut un instant et Liz, ébranlée, respecta son silence.

– Allons, viens, Liz. Il faut prévenir tes amis du triste sort de Bernard. Nous devons nous comporter le plus normalement possible et dissimuler nos doutes sur la nature de cet accident. Ne laisse rien échapper de ce qui n'est pas la version officielle, veux-tu? Et ouvre grand les yeux sur ce qui pourrait se passer d'étrange.

– C'est entendu, consentit Liz, avant d'ajouter : Sale type !

II

Des bribes de musique s'échappaient de la *Stube* où Sam, aiguillonné par son succès de la veille, s'amusait au piano. Assis sur le banc de bois sous la fenêtre, Francis lisait un vieux numéro du *Reader's Digest.* Penchée sur la table, Penny faisait les comptes de la soirée-fondue.

Ils écoutèrent en silence ce que Patrick avait à leur apprendre sur la découverte du corps de Bernard.

– Nous nous attendions tous à une triste issue, dit Francis lorsque Patrick se tut. Elle n'en est pas moins tragique. Je suis navré.

– Oui, tragique, répéta Penny. Il faut que je prévienne Londres immédiatement. Il va y avoir quantité de formalités et de dispositions pratiques à prendre.

– Sûrement, Penny. Prévenez Londres de toute urgence, répondit Patrick. J'ai dit au bourgmestre que nous nous chargions de cet aspect de la question. Mais on ne peut rien décider de plus tant que les routes sont fermées.

– Il a sûrement de la famille, dit Penny. Tout le monde a des parents, plus ou moins proches. Mais comment s'y prendre pour les trouver?

– Votre bureau de Londres va s'en charger, Penny, dit Francis. Vos collègues s'adresseront à la police.

– Mais qu'est-ce qui lui a pris d'aller rôder comme ça dans la nuit ?

– Je crains que nous ne le sachions jamais, dit Sam.

– Puis-je faire quelque chose ? demanda Francis. Entreprendre les formalités ?

– Pour l'instant, non, dit Patrick. Les autorités ne peuvent s'en occuper tant qu'elles n'auront pas résolu les problèmes matériels urgents et que la route barrée par l'avalanche ne sera pas dégagée. Le malheureux bourgmestre est submergé. Où sont les autres ?

– Les dames se sont installées au salon, je pense. Derrington est sorti et j'ignore ce que fait le jeune Foster, répondit Francis.

Liz et Patrick se rendirent au salon où Sue, Barbara et Hilda échangeaient des recettes de cuisine. Frau Hiller, dont le tricot avançait à vue d'œil, leur prêtait une oreille attentive.

– Mauvaises nouvelles… murmura Barbara en voyant leur expression.

Patrick répéta son rapport dans un silence lugubre qui se prolongea après qu'il l'eut terminé. Frau Hiller continuait de tricoter, impassible. Les trois autres femmes semblaient abasourdies.

– Qu'est-ce qu'il faisait près de la rivière ? demanda Sue.

– C'est ce que tout le monde se demande, dit Liz. Cela paraît tellement invraisemblable.

– Peut-être voulait-il se rafraîchir les idées, dit Patrick. D'après ce que tout le monde dit, il avait passé une sacrée soirée.

– Ce n'était pas sa faute, plaida Sue. Fiona l'avait mis dans une situation impossible.

– Grâce à Dieu, nous savons maintenant ce qu'il en est, dit Barbara. Cela aurait été affreux de rentrer chez nous dimanche sans rien savoir de lui.

– C'est vrai, dit Sue. Pauvre vieux Bernard ! Quelle triste fin !

Penny les rejoignit.

– Je vais appeler Londres, dit-elle. Comment leur raconter cette effroyable histoire ? Peut-être que le prêtre acceptera de célébrer un service pour Bernard. L'Église d'Angleterre n'a pas de représentant ici. Qu'en dites-vous, Patrick ?

– Bonne idée. Voulez-vous que j'en parle au bourgmestre ? Je repars le voir maintenant.

– Oui, je vous en prie. Voyez ce qu'il en pense, dit Penny. Et voyez s'il souhaite me voir. Je pense que oui. C'est moi la responsable.

– Il est très occupé pour le moment. Allez-y plus tard après avoir appelé Londres qui vous donnera peut-être des indications concernant la famille, suggéra Patrick.

Il ne tenait pas à ce que Penny et ses bonnes intentions interfèrent avec ses propres recherches.

– D'accord, fit Penny.

– Bien. Alors, je retourne parler au bourgmestre, dit Patrick.

Il repartit à grands pas, la tête penchée, ses cheveux sombres retombant sur son front, tel que Liz l'avait si souvent vu parcourir les rues d'Oxford, soucieux d'arriver à l'heure à son cours.

– Il semble que votre ami ait pris l'affaire en main, lança Hilda d'un ton acerbe.

Cette flèche venimeuse ramena illico Liz au présent. Mais Penny exprima un point de vue différent.

– Dieu merci, dit-elle. On s'attend bien sûr à des jambes cassées quand on accompagne des clients aux sports d'hiver mais pas... pas à ça. J'aurais bien voulu que Patrick appelle aussi mon bureau de Londres mais ce ne serait pas correct. J'y vais. Mieux vaut en finir.

Après son départ, Frau Hiller roula son tricot, piqua d'un geste décidé ses aiguilles dans la pelote et se leva.

– Veuillez m'excuser de vous quitter ainsi, dit-elle. Je suis navrée de cette triste histoire mais vous désirez certainement en parler entre vous.

Elle quitta le salon d'une allure gauche. Son sweater, qu'elle n'avait pas tiré en se relevant, révélait fâcheusement l'ampleur de son postérieur.

– Comme c'est délicat de sa part, dit Sue. Plus je la connais, plus je la trouve attachante.

Liz, quant à elle, s'était brusquement demandé si Frau Hiller ne pouvait être la meurtrière : ce geste violent pour planter ses aiguilles, cette carrure musclée. Mais quelle rancune pouvait-elle nourrir contre l'infortuné Bernard ? Et si Bernard avait été victime d'un fou ? Ce serait tellement réconfortant que le meurtrier soit un maniaque plutôt qu'un bon citoyen anglais en vacances.

– Il faut que je prévienne Freddie. Dieu sait où il peut bien être, déclara Hilda, qui sortit elle aussi.

– Quelle bizarre coïncidence que la présence ici de votre ami le Dr Grant, dit Barbara qui se tourna pour regarder Liz bien en face. Vous ignoriez vraiment qu'il venait ? Vous avez l'air d'être très proches.

– Il y a des années que nous nous connaissons, répondit Liz avec raideur, mais nous nous voyons rarement.

– Il n'a pas l'air vraiment contrarié d'être bloqué ici, reprit Barbara, nullement rebutée par le ton froid de Liz.

– Il est très pragmatique et dédaigne les émotions inutiles, dit Liz.

Tout en sachant fort bien les déceler chez autrui, poursuivit-elle in petto.

– J'ai quelques bricoles à raccommoder, reprit-elle. Je vais les chercher.

Au lieu de monter dans sa chambre, Liz se retrouva sur le sentier de l'annexe. Elle n'avait pas de plan précis mais s'y sentait entraînée, malgré elle. Elle monta l'escalier comme une automate et s'arrêta, indécise, à l'extrémité du palier du premier. La porte de Bernard était fermée, la clé suspendue au crochet. C'était à Penny probablement que reviendrait la tâche macabre de rassembler ses affaires et de faire sa valise. Liz reprit son ascension et s'arrêta au second, devant la porte de Penny. Robin des Bois, comme disait Patrick.

Incertaine, incapable de s'expliquer pourquoi elle était là, Liz entendit parler dans la chambre voisine, celle de Fiona.

– Ils vont sûrement m'interroger. Qu'est-ce que je vais leur répondre ? disait la voix de Fiona.

– Ils ne t'interrogeront pas. C'était un accident. L'enquête sera réglée en trois coups de cuiller à pot. Il n'y a pas de quoi s'inquiéter, répondit l'interlocuteur de Fiona.

Roy, en l'occurrence.

– Pour l'amour du ciel, donne-moi un verre, demanda Fiona d'un ton vaseux. Il y a du gin dans le placard.

– Tu as assez bu, répondit Roy rudement. Reprends-toi. Ce n'est pas le moment de perdre la tête. Personne ne doit savoir. Nous n'avons qu'une chose à faire : nous tenir tranquilles et être naturels. Et moi, il va falloir que je m'occupe de June.

Du gin à dix heures du matin ! Et que voulaient-ils donc cacher ? Et comment étaient-ils déjà au courant pour Bernard ? Ni l'un ni l'autre n'était là quand Patrick avait annoncé la nouvelle. Roy serait-il déjà allé à la clinique et y avait-il appris la mort de Bernard ? Liz se sentait prise de vertige. Une interprétation possible du dialogue qu'elle venait d'entendre lui vint à l'esprit et son cœur se mit à cogner péniblement. Elle fit demi-tour, descendit aussi discrètement qu'elle était venue et regagna sa chambre.

Sue s'était éclipsée ; son anorak avait disparu et Liz imagina son amie vagabondant aux alentours à la recherche de Jan. La joyeuse compagnie du Hollandais sans problèmes était sûrement ce dont Sue avait besoin en ce moment. Lui, au moins, était normal ; il jouissait sans arrière-pensée d'un flirt inoffensif qu'il oublierait sitôt après avoir quitté Greutz. Tandis que Sue allait broyer du noir jusqu'à ce qu'elle lui trouve un successeur. Quant à Liz, elle préférait éviter de s'appesantir sur ses états d'âme personnels. Patrick avait raison ; mieux valait réfléchir au sort de Bernard.

Elle prit son anorak suspendu à la porte. Il n'était pas neuf – celui de Bernard ne l'était pas non plus – mais il était toujours parfaitement imperméable. Elle déchira une grosse poignée de feuilles d'un *Figaro* acheté quelques jours plus tôt et la glissa dans la poche de l'anorak qu'elle referma soigneusement. Puis elle fit couler de l'eau dans le lavabo et y plongea le haut du vêtement où se trouvait la poche, disposant les manches, le capuchon et tout le reste du vêtement derrière les robinets. Inutile de tout tremper. Le but de l'opération était de contrôler par elle-même une des assertions péremptoires de Patrick.

III

Au sortir du Gentiana, contrairement aux intentions qu'il avait exprimées, Patrick se dirigea vers la route de Kramms. Il se la rappelait car ils l'avaient empruntée, Max et lui, pour aller rendre visite à un vieux pianiste virtuose, dont les mains étaient à présent paralysées par l'arthrose. Retiré dans son ermitage montagnard, le musicien rêvait au passé tout au long de l'hiver et, l'été venu, étudiait la flore alpestre. La route suivait la rivière sur une courte distance avant de s'élever vers le col du Wolfberg, une montagne bien moins impressionnante que le Schneiderhorn. C'était sur ses flancs que prenait sa source le torrent qui, peu avant Greutz, se transformait en cours d'eau moins violent, la Ziller. L'avalanche s'était déversée sur cette face du Wolfberg, formant une barrière de plusieurs mètres de largeur ; elle avait balayé un chalet récemment construit, ensevelissant ses quatre habitants, mais avait épargné les chalets plus anciens, situés à bonne distance des endroits réputés dangereux et protégés aussi par le bois qui les surplombait.

Patrick ne rencontra personne. Parvenu à la barricade, il la contourna, comptant sur sa bonne étoile pour ne pas rencontrer d'employé municipal. La neige était ici très profonde et seules quelques traces signalaient le passage des sauveteurs. Bientôt, la route en lacets s'infléchit vers la gauche, serrant de près la rivière ; de chaque côté, d'énormes remblais amoncelés par les chasse-neige bouchaient la vue. Quelques centaines de mètres plus loin, Patrick arriva devant une brèche pratiquée dans le remblai du côté de la rivière ; la neige y était moins profonde et, manifestement, on y avait entretenu un passage jusqu'à la veille ou l'avant-veille.

Il s'y engagea.

La progression était difficile dans cette neige fraîche qui lui arrivait jusqu'aux cuisses et dans laquelle il laissait la trace évidente de son passage. Mais il ne descendait plus du ciel que de rares flocons, ce qui était un soulagement. D'ailleurs, il fut vite arrivé : le sentier s'achevait abruptement au bord de la Ziller et la raison du déblaiement apparut avec évidence : une étroite passerelle franchissait la rivière à cet endroit et, de l'autre côté, s'élevait un chalet abrité sous des arbres.

Patrick ne s'engagea pas sur la passerelle. Il ôta ses lunettes et les nettoya. Puis il avança prudemment en aval, posant les pieds avec précaution comme s'il cherchait des empreintes le long de la rive. Il n'avait pas fait plus de deux mètres quand une branche d'arbre retenue par un rocher au milieu du cours d'eau se libéra sous ses yeux ; elle descendit quelques instants le courant, puis fut à nouveau arrêtée. Beaucoup de rameaux et de brindilles filaient ainsi, emportés par le flot. Tout à coup, un paquet de neige se détacha de la rive et tomba dans la rivière. Immobile, Patrick scrutait tour à tour le sol à ses pieds et l'eau limpide qui semblait noire sous les effets conjugués du ciel bas et de la blancheur lumineuse de la neige.

Il finit par les voir, immergées, bloquées entre deux galets.

Patrick laissa les lunettes de Bernard là où elles étaient. Il fit demi-tour et regagna avec circonspection un terrain plus sûr. Personne ne le vit quitter la zone interdite et il fut bientôt de retour dans l'artère commerçante de Greutz. Il se rendit tout droit au Silvretta, dont la confortable cabine téléphonique assurait toute discrétion à l'usager, et appela l'Angleterre. Ensuite, il se rendit au bureau du bourgmestre, où il passa un bref instant, puis à la clinique. Il en ressortit un peu plus tard, portant sous les bras deux paquets emballés dans du papier kraft. De là, il revint au Gentiana.

Dans le hall, Liz contemplait d'un air absent une carte en relief de la province.

– Ah ! Liz ! Tu es là. Je voulais justement t'emmener déjeuner. J'ai besoin de te parler mais j'ai promis à Max de m'occuper du déjeuner pour qu'il puisse travailler.

– Avec plaisir, dit Liz. Je ne peux plus voir cet hôtel. Mis à part Sam et Sue qui s'épanouissent comme fleurs au printemps, tous les clients ont les nerfs à vif

– Espérons que ceux de l'abominable homme des neiges sont en pelote.

– Tu y crois toujours ?

– Plus que jamais.

– Viens dans ma chambre, dit Liz.

– Je ne me le ferai pas dire deux fois ! s'esclaffa Patrick tout sourire.

– Idiot ! J'ai besoin de toi.

– De mieux en mieux !

– Il y a un temps pour tout, Patrick. Tes gaudrioles sont de très mauvais goût, dit Liz d'un ton acide.

– D'accord, d'accord. Je vois que tu vas nettement mieux, approuva Patrick chaleureusement.

Elle le fusilla du regard, fit demi-tour et monta l'escalier dont les vieilles planches gémirent sous le poids de Patrick qui suivait. Dans la chambre, la vue d'une bougie fichée de travers dans le goulot d'une bouteille le fit frémir d'indignation. Quelle imprudence dans un chalet en bois ! Soucieux de ménager Liz, il garda pour lui ses réflexions.

Liz alla directement dans la salle de bains.

– Viens voir, ordonna-t-elle.

Il obéit et vit l'anorak à moitié immergé dans le lavabo.

– Ça alors ! Tu ne m'as pas cru ?

– Je voulais une preuve tangible.

Elle vida le lavabo, ouvrit la fermeture de la poche et y plongea la main : le papier journal n'était plus qu'une bouillie molle et grenue. Elle regarda sa montre.

– Deux heures, à peu de chose près, dit-elle.

– Convaincu, Dr Watson ?

– Le portefeuille de Bernard était très épais. Il était très humide quand tu l'as rapporté. Le cuir a protégé partiellement son contenu pendant quelque temps mais le portefeuille n'a pu rester longtemps dans l'eau. Sûrement pas une nuit entière. J'admets que, sur ce point, tu dois avoir raison.

– Je crois que le corps a séjourné d'abord dans une congère au bord de la Ziller. La vibration de l'avalanche a secoué la carapace de neige molle qui l'a recouvert un certain temps, jusqu'à ce qu'elle cède et que le corps tombe à l'eau. Entraîné par le courant et heurté contre les rochers qui l'ont meurtri – il est couvert d'ecchymoses –, il a dû arriver à la hauteur du pont qui l'a bloqué juste avant qu'on ne le trouve, dit Patrick. C'est du moins mon avis. La rivière charrie quantité de branches et de débris arrachés par l'avalanche.

– Et… Bernard se serait aussi heurté la tête pendant le parcours ?

– Pas forcément. Seul le médecin peut dire si cette blessure est antérieure ou postérieure à la mort, dit Patrick. Je pense qu'on l'a frappé à la tête et abandonné dans la neige. À la cadence où elle est tombée pendant la nuit de samedi, son assaillant devait savoir qu'il serait rapidement enseveli et qu'il mourrait de froid ou d'asphyxie. Ou des deux.

– Patrick, si tu as raison, il s'agit d'un crime abominable. Il faut que quelqu'un cherche à découvrir le criminel.

– C'est ce que je m'efforce de faire, répliqua Patrick un rien pompeux.

– Je ne parle pas de toi. Je veux dire la police.

– La police ne peut intervenir tant que les hélicoptères ne pourront se poser, expliqua-t-il posément. Il n'y a pas de flic à Greutz ; le village dépend d'une circonscription voisine. De toute façon, les autorités constituées n'apprécieront pas. Elles préféreraient de beaucoup qu'il s'agisse d'un simple accident. Il faut préserver l'image des vacances insouciantes et radieuses, tu vois ce que je veux dire ?

– Mais justice doit être faite.

– Quoi qu'il arrive, elle le sera, affirma Patrick avec résolution. J'y veillerai.

– J'ai l'impression qu'il fait plus froid et la neige a presque cessé. Un hélicoptère devrait pouvoir se poser maintenant.

– Non, dit Patrick. Tout là-haut, la moindre turbulence suffirait à ébranler le manteau neigeux. D'après le bourgmestre, il faut une température très inférieure pour fixer la neige et pour que les appareils puissent survoler la zone sans déclencher d'avalanche Mais en attendant, notre homme ou notre femme aura subi un choc sévère. Notre homme – supposons que c'en est un pour la commodité du raisonnement mais ce pourrait très bien être une femme –, notre homme donc s'attendait à ce que Bernard disparaisse sans laisser de traces jusqu'au dégel. À présent, il est contraint de jouer la comédie. Avec un peu de chance, il va commettre une erreur et se trahir. Et maintenant, Liz, au travail. J'ai encore un petit service à te demander avant que tu ne nous prépares ce déjeuner. As-tu autre chose à te mettre sur le dos que l'objet dégoulinant que tu as sacrifié au service de la science légale ?

– Mon manteau en peau de mouton, répondit Liz qui suspendait son anorak sur le porte-serviettes.

Elle mit son manteau et, tout en enfilant ses après-ski, s'enquit sur un ton méfiant :

– Quel est l'autre job avant qu'on me relègue aux cuisines ? Au cas où je recevrais une invitation inattendue.

– Tu m'as bien dit que c'était toi qui avais rapporté les skis de June Foster de la clinique à l'hôtel, n'est-ce pas ? Serais-tu capable de les reconnaître ? Sais-tu s'ils sont toujours à l'hôtel ou si on les a rendus au loueur ?

– À ma connaissance, ils sont toujours à l'hôtel. Tout le monde a dû les oublier, moi la première, dit Liz. Je pense que je les reconnaîtrai. Je me rappelle en tout cas où je les ai mis.

– Bénies soient les femmes méthodiques et dotées d'une cervelle entraînée, dit Patrick.

Il posa par terre un des paquets.

– Ce sont les vêtements de Bernard, dit-il. Ils sont secs mais souillés. Je vais les laisser ici pour le moment. Il n'y avait rien d'intéressant dans les autres poches, juste de la monnaie et la clé de la porte d'entrée.

– Tu crois vraiment que je dois garder ça ? demanda Liz, qui louchait sur le paquet, résignée d'avance.

– Il n'y a pas de raison de les trimbaler jusque chez Max. Et il faudra les joindre aux autres affaires de Bernard. Si tu ne te défends pas, c'est probablement à toi que l'on confiera la mission de faire sa valise funèbre.

Liz résolut sur-le-champ qu'elle se défilerait. C'était à Francis de s'en charger. Mais Francis pouvait être...

Non, elle ne laisserait pas cette pensée envahir son esprit. Comment Francis pourrait-il avoir de l'hostilité à l'égard de Bernard ? Il y avait des limites au-delà desquelles elle s'interdisait d'adopter les hypothèses de Patrick et certaines personnes devaient être tenues à l'écart de tout soupçon. Spontanément, la double image de Freddie Derrington et de Barbara lui vint à l'esprit. Mais quels liens auraient-ils pu avoir avec Bernard ?

– Il n'y avait pas de calepin secret bourré de potins scandaleux ? Pas de journal intime du maître-chanteur ? s'enquit-elle.

– Non. Mais s'il y en avait eu un dans les poches de Bernard, son meurtrier l'aurait subtilisé.

– Qu'y a-t-il dans l'autre paquet ?

– Les chaussures de ski de June. Allons-y.

Patrick ouvrit la marche et, sitôt parvenu dans la réserve à skis, il défit le paquet. Une des chaussures avait été coupée pour permettre d'en extraire le pied de June sans dommage supplémentaire pour la jambe cassée ; l'autre chaussure était intacte.

– Alors, Liz, tu me les trouves, ces skis ?

Il y avait autant de skis au repos sur les râteliers que de clients au Gentiana mais Liz n'hésita que quelques secondes avant d'en soulever une paire.

– Les voici. Je les avais rangés près des miens et je me rappelle leur numéro.

Patrick les lui prit des mains, les détacha et les posa sur le sol. Puis il poussa vers l'avant les leviers qui fermaient les fixations sur l'extrémité avant des chaussures et plaça celles-ci en position. Il put attacher facilement la chaussure intacte mais dut déployer beaucoup de force pour la seconde.

Liz le regardait faire.

– Ta conclusion ? demanda Patrick.

– Patrick, pour l'amour du ciel ! Je ne suis pas une de tes foutues étudiantes. Dis-moi où tu veux en venir.

– Ça crève les yeux ! Une de ces fixations était beaucoup trop serrée. En cas de chute, le ski ne pouvait pas se détacher. Si June faisait une chute dans un endroit difficile, elle avait de grandes chances de se blesser. Et comme elle skiait pour la première fois, elle devait automatiquement tomber, surtout lorsqu'elle commencerait à se fatiguer.

Liz ouvrait des yeux horrifiés.

– Tu veux dire que Roy... Tu veux dire qu'il a fait ça de propos délibéré pour qu'elle se casse une jambe ? Mais ils viennent tout juste de se marier.

– Ce n'est pas tout à fait ça, je crois, dit Patrick. Il est possible qu'il n'ait pas eu l'intention de l'esquinter à ce point : une entorse ou une foulure aurait sans doute amplement suffi.

Il détacha les chaussures, attacha les skis ensemble et les remit à Liz pour qu'elle les range dans un coin où elle les retrouverait au besoin.

– J'avais peur qu'il n'ait réajusté correctement les fixations entre-temps, dit Patrick. À mon avis, il le fera. Ce sera la preuve de sa culpabilité.

– Je ne comprends pas, s'insurgea Liz. N'est-ce pas simplement un mauvais réglage dans le magasin de sports ?

– Je sais très bien que les employés de ces magasins ne sont pas toujours très minutieux mais ils les ajustent de façon à ce que le client puisse les attacher ; ensuite, c'est au skieur de se débrouiller. Roy a peut-être serré cette fixation une fois que June était sur ses skis. Elle ne pouvait pas s'en rendre compte et personne d'autre n'aura pensé à regarder. Un moniteur l'aurait peut-être fait mais ils n'avaient pas de moniteur avec eux.

– Je continue à ne pas comprendre pourquoi il aurait voulu faire une chose pareille, répondit Liz avec obstination.

– Moi non plus. Mais je te promets que je le saurai bientôt. Embarque ces chaussures dans ta chambre, mon chou, et fourre-les avec le reste, tu veux bien ? Je t'attends ici.

Sans se perdre en vaines protestations, Liz prit en silence les chaussures qu'il lui tendait, et les porta dans sa chambre où elle les fourra dans sa valise avec les papiers de Bernard, puisqu'il fallait les considérer, semblait-il, comme des pièces à conviction. Quand elle regagna la remise à skis, Patrick n'avait pas bougé d'une semelle. L'œil fixe et l'air un peu stupide, pensa Liz, il contemplait sans le voir l'amas de luges.

Pendant le trajet, Liz lui relata son incursion à l'annexe.

– Je ne sais pas pourquoi j'y suis allée, ni ce que j'avais l'intention de faire. J'ai peur d'avoir été contaminée par ta manie de fureter partout. Jamais de ma vie je n'avais encore écouté aux portes !

· Liz Morris, je suis fier de toi, déclara Patrick. Penses-tu qu'ils y soient encore tous les deux ?

– Je n'en sais rien mais je n'ai vu ni l'un ni l'autre.

– Peut-être voulait-il se débarrasser temporairement de sa femme parce que Fiona lui semblait plus excitante, hasarda-t-il.

– Oh ! Patrick ! Non, pas ça ! Ils étaient mariés de l'avant-veille.

– Je me demande ce qu'il peut bien y avoir derrière ce mariage. À première vue, c'est une alliance peu prometteuse ; d'ailleurs, elle a déjà capoté. Tu penses pouvoir te renseigner ?

Liz soupira.

– Sue l'a déjà fait, dit-elle. Tu la connais, elle a le cœur tendre. Pendant les intermèdes que Jan et elle se ménagent – j'imagine qu'ils ont besoin de respirer de temps à autre –, elle fait du réarmement moral auprès de June. C'est à peine si Roy a passé une heure près de sa femme depuis l'accident. L'histoire, la voilà : le père de June est un homme d'affaires plein aux as. Elle est fille unique. Sa mère et celle de Roy sont des amies de classe et leurs enfants se connaissent depuis toujours, ce qui, apparemment, les a menés au mariage. Roy est à la tête d'une exploitation agricole dans les Cotswolds. Son père est mort et sa mère a emménagé dans une petite maison qui fait partie de l'exploitation. June adore l'équitation, la vie à la campagne et elle cuisine admirablement bien.

– Le gros sac, hein ?

– Ça en a tout l'air.

– Et les autres ? Tu n'as rien remarqué de surprenant dans leur comportement ou dans leurs relations ?

– Rien de significatif, à mon avis, répondit Liz hésitante.

– Mais encore ? Avoue, Liz. S'agirait-il par hasard de ton Francis ?

– Ce n'est pas mon Francis, cria Liz furieuse. Et je ne pensais pas à lui mais à sa femme. D'ailleurs, ce n'est rien du tout... Je ne sais rien...

– Allons ! Si ce n'est rien, autant le dire...

– C'est à propos de Barbara et de Freddie Derrington. Ils ne se connaissaient pas avant Greutz, du moins c'est ce qu'ils ont dit. Et s'ils se connaissaient, alors, chapeau les comédiens ! La scène de samedi soir était superbement enlevée. Mais, il y a quelque chose entre eux, je le sens. Et ils étaient tous les deux à Malte, l'été dernier.

– Oui, je me souviens qu'ils ont parlé de Malte et il y avait effectivement quelque chose de bizarre dans cette conversation. Je ne sais pas bien quoi… Ça manquait de naturel. Par exemple, ni l'un ni l'autre n'ont cherché à se trouver des relations communes ; ni affiché leur familiarité avec les célébrités de l'île ou tel restaurant branché sur le vieux port.

– Tu as raison. Et Barbara n'avait aucune envie de s'attarder sur ce sujet.

– Simple coïncidence, peut-être. Mais je crois dur comme fer à l'intuition, à condition qu'on puisse s'en servir pour découvrir des faits, dit Patrick. Que sais-tu de l'ami Francis que j'ignorerais encore ?

– Très peu. Tu étais là quand il a parlé de son premier mariage. Il m'a raconté qu'il avait été prisonnier pendant la guerre et je te l'ai déjà dit. Il est resté caché quelque part par ici après son évasion, je ne sais pas exactement où. Mais, quoi qu'il en soit, aucun de nous ne connaissait Bernard avant de venir à Greutz.

– Sa mort n'a peut-être aucun rapport avec le passé. Il a pu se trouver mêlé par hasard à une histoire trouble ici même.

– Tu veux dire qu'il aurait pu voir Roy en train de fixer les skis de June ?

– Non, à mon avis, personne n'aurait remarqué une anomalie si Roy l'a fait quand June a mis ses skis. Je parle d'une quelconque affaire minable qui se passerait en ce moment sous nos yeux.

– Dieu sait que j'aimerais être en mesure de te prouver que tu te trompes, commença Liz. Et pourtant, malgré moi, je commence à sentir qu'il y a du vrai dans tes divagations.

– Alors, concentre-toi. Cherche. Réfléchis. Aide-moi.

Alors qu'ils passaient devant l'église, le prêtre en sortit. Il enfonça son bonnet de laine, tapota sa barbe et murmura « *Gruss Gott* » à leur adresse. Puis s'éloigna, les mains enfouies dans les manches de sa soutane brune.

– Et pourquoi pas une affaire locale ? suggéra Liz tout excitée. Bernard a pu être témoin d'une bagarre, d'un règlement de comptes ou d'une vengeance. Il ne parlait pratiquement pas l'allemand mais les gens du cru ne pouvaient pas le savoir.

– Peut-être, admit Patrick. C'est possible. Dans ce cas, nous ne connaîtrons jamais le fin mot de l'histoire.

– L'idée m'est venue en voyant le prêtre, dit Liz, soulagée que Patrick n'ait pas descendu en flammes sa suggestion. Il est très vieux. Il devait être là pendant la guerre. Des événements ont pu se produire que les gens ne veulent pas qu'on leur rappelle.

– Oui, certainement. Quantité de choses se sont passées ici, dit Patrick songeur. C'est exact.

La neige était beaucoup plus profonde sur la route du chalet du professeur que dans la rue principale car moins de gens y passaient. Cependant, la plupart des propriétaires s'étaient efforcés de déblayer devant chez eux.

– Regarde-moi ça, dit Patrick. C'est à se demander si Max pourra jamais sortir sa voiture. Je suis encore ici pour des jours.

D'énormes congères étaient amoncelées devant le garage du professeur. Très tôt ce matin, Patrick avait déblayé à grand-peine un étroit passage entre la rue et la porte d'entrée. La neige était tombée au ralenti pendant la matinée mais elle reprenait à présent l'offensive, sous forme de flocons ténus et cinglants.

– Il fait beaucoup plus froid, dit Liz, et le baromètre remonte. Tu as remarqué ?

Patrick avait remarqué. Il respira profondément avant d'ouvrir la porte. Leurs empreintes parallèles ressortaient avec précision dans la neige fraîchement tombée.

– Le vent a changé de direction, dit-il. Peut-être qu'un anticyclone s'est mis en route.

Il retira ses après-ski et son anorak et les déposa dans le vestiaire.

– Mets tes affaires ici, Liz. Je vais prévenir Max que tu es là.

Il eut beau entrer sur la pointe des pieds dans le bureau, le professeur leva aussitôt la tête du dictionnaire qu'il consultait et demanda distraitement ?

– Alors Patrick ? Il neige de plus belle ?

– On a vu pire ces derniers jours ! Votre matinée a-t-elle été féconde ? J'ai amené Liz qui va cuisiner pour nous. Des côtelettes de porc que j'ai sorties de votre freezer.

– Splendide. Quelle heure est-il ?

– Midi sonné.

– Déjà ! Comme le temps passe, dit le professeur en rassemblant une liasse de feuillets. Je viens de revoir les notes de bas de page du dernier chapitre. Avez-vous passé une matinée satisfaisante ?

– Tout dépend de votre acception du mot satisfaction. On a retrouvé le touriste anglais qui avait disparu.

– Oh ! fit le professeur qui regarda Patrick par-dessus ses lunettes avant de répéter : Oh ! sur un ton différent. Votre visage me dit que ce n'est pas une bonne nouvelle. Où était-il ?

– Dans la rivière. Le courant l'a entraîné jusqu'au pont.

Patrick décrivit une fois de plus dans quelles circonstances le corps avait été retrouvé.

– Comme c'est triste, dit le professeur. Je suis désolé. Quelle tragédie !

– Je vous laisse peaufiner vos notes et vous donnerai plus de détails quand nous déjeunerons, voulez-vous ? proposa Patrick.

– Bien sûr, acquiesça le professeur, quand nous déjeunerons. Pauvre homme. Allons…

Il reprit son stylo et termina la phrase en suspens qu'il avait gardée en tête pendant cet intermède.

Patrick trouva Liz à la cuisine où elle épluchait des pommes de terre. Le tablier jaune de Helga dont elle était affublée faisait deux fois le tour de ses hanches.

– Quelle délicieuse vision, s'exclama Patrick.

Il sortit la bouteille de rhum du buffet et emplit deux petits verres.

– Tu en as besoin pour sortir de cette crise, assura-t-il. Mais tu réduiras ta ration d'alcool dès ton retour. Et maintenant, pendant que tu cuisines, je cogite.

– Cogite tout haut, s'il te plaît.

– Entendu, dit Patrick en levant son verre. À la justice !

Il vida le verre, se campa devant Liz dans une pose avantageuse et commença.

– Nous sommes face à un groupe d'Anglais en vacances qui, pour autant que nous le sachions, ne se connaissaient pas, exception faite de ceux qui sont venus en couple, à savoir les Whittaker, les Derrington, les Foster, et enfin toi et Sue.

– J'espère que Sue et moi sommes exclues de la liste des suspects.

– Pour le moment, oui. Sue était beaucoup trop occupée.

– Jan… dit Liz d'une voix hésitante.

– Oui ?

– Non, rien, se reprit-elle. Jan ne peut réellement rien avoir à faire avec ça. Et il n'a pas cherché à dissimuler ses fredaines avec Sue, si bien qu'il n'y a pas de mobile, bien qu'il soit marié.

– Je crois que ses fredaines, comme tu dis si joliment, sont tout à fait inoffensives, dit Patrick pince-sans-rire.

– Je refuse d'émettre une opinion.

– Ne sois pas si collet-monté. En revanche, si quelque vengeance locale liée à la guerre est en jeu, il pourrait y avoir un rapport avec Jan.

– C'est peu probable, non ? La distance est grande entre la Hollande et l'Autriche, et il est trop jeune.

– C'est un peu tiré par les cheveux, je te l'accorde, mais il est possible que Jan ait eu un père, des frères ou des parents plus lointains qui aient été déportés. Physiquement, il est très costaud ; il aurait pu aisément transporter le corps de Bernard avant de le jeter à l'eau.

– Tu ne penses pas que Bernard a été abattu près de la rivière ?

– Pas vraiment. Étant donné ce que je sais de son caractère, il me paraît invraisemblable qu'il ait pu aller à pied jusque-là de son plein gré, surtout sans ses caoutchoucs. Quoi qu'il en soit, pour en revenir à notre liste, en plus de nos couples anglais et de toi et Sue, nous avons Fiona, une fille terriblement sexy pour peu qu'on aime les hanches anguleuses et les coudes pointus, Penny, qui est adorable, Sam Irwin, qui est compliqué, et Bernard. Ils étaient tous réunis la nuit où Bernard a été vu vivant pour la dernière fois.

– Ce sont sûrement les Derrington ou les Foster, dit Liz.

– Pourquoi dis-tu ça ?

– Parce que Bernard a disparu dès leur arrivée. Si c'était quelqu'un d'autre, il l'aurait fait plus tôt.

– Pas nécessairement. Tu dis qu'il était tout le temps sur le point de décamper. Si Bernard était un voyeur et un minable maître-chanteur, il a pu lui falloir une semaine pour se trouver une victime.

Les côtelettes grésillaient tout doucement et Liz tournait la sauce dont elle allait les recouvrir avant de finir la cuisson au four.

– Ça sent bon, dit Patrick. Que de talents gaspillés dans une vie de célibataire.

Liz ne daigna pas entendre.

– Je ne vois pas comment tu peux avancer dans tes recherches. Jusqu'ici, tout n'est qu'hypothèses, dit-elle. Peut-être s'est-il bagarré avec des gens qu'il espionnait, mais ils ne pouvaient avoir l'intention de le tuer.

– J'ai du nouveau à te raconter, annonça Patrick. J'ai eu ce matin un entretien téléphonique très intéressant avec Colin Smithers. Tu vois qui c'est ?

– Ton copain flic, c'est ça ? Tu m'as raconté qu'il était à Scotland Yard maintenant.

– Exact. Et il vient d'avoir une nouvelle promotion : il est inspecteur détective maintenant. Je lui ai demandé de tirer ce qu'il pourrait des adresses écrites par Bernard sur les deux cartes postales et de contrôler ce que je sais à propos de tous les autres.

– Patrick ! Tu veux dire que tu l'as envoyé fouiller dans les affaires de tout le groupe ? Des Whittaker et des Derrington ? Tu dépasses les bornes.

– Oh ! Tout a été fait très discrètement. Il n'a pas eu le temps de déterrer grand-chose mais nous savons désormais que la mort de Bernard à Greutz doit être élucidée. Colin a été très intéressé par ce que je lui ai dit ce matin.

– Je dois m'attendre au pire, n'est-ce pas ? dit Liz.

Elle mit les côtelettes dans un plat à four et les nappa de sauce.

– Colin a un bon contact dans les Cotswolds…

– Mais tu ne savais pas que les Foster vivaient dans les Cotswolds, l'interrompit Liz irritée. C'est moi qui te l'ai dit ce matin. Comment Colin l'a-t-il appris ?

– Il n'a pas eu à chercher car je le lui avais dit. Je l'avais découvert hier en enquêtant à la clinique avant d'appeler Colin. Mais, naturellement, je ne pouvais pas poser de questions sur le contexte marital des Foster ; sur ce point, ton information était on ne peut plus précieuse, Liz.

– Tu me l'avais demandé, répondit-elle froidement.

– Bon, continuons. Il semble que l'exploitation de Roy Foster soit hypothéquée au maximum. Elle appartient à sa famille depuis des générations. Mais Roy est un gars qui aime se payer du bon temps et il a gaspillé tout son capital. Le mariage a stupéfié les gens du cru. Le père de June transformé en bon Samaritain ! Ils n'en reviennent pas.

– Pauvre sotte ! fit Liz en haussant les épaules. De nos jours, on attend des filles un peu plus de bon sens.

– Le clair de lune vous joue parfois des tours, dit Patrick désinvolte. Où en étais-je ?

– En train de répartir tes soupçons entre nous tous.

– Ah ! oui. Les Derrington à présent. Je n'ai pu fournir aucun élément à Colin pour démarrer son enquête sur eux mais hier soir, ils ont dit avoir perdu beaucoup de visons. Donc, nous savons qu'ils ont de sérieux ennuis financiers.

– Pas au point de les empêcher de prendre des vacances. Dommage que tu ne puisses démontrer que c'est Bernard qui venait en douce voir Hilda dans l'hélicoptère fatal aux visons.

Les commentaires sarcastiques de Liz étaient sans effet sur la placidité foncière de Patrick.

– Dans ce cas, même Bernard aurait eu son heure de gloire, dit-il au bord de l'attendrissement.

– Que dit de lui ton ami policier ? questionna Liz

– Que Bernard n'était pas secrétaire de mairie à Wapshot, comme il le laissait entendre, mais un modeste employé des services municipaux. Il habitait en banlieue, dans une chambre meublée, et suivait des cours du soir de menuiserie. C'était un fils conscient de ses devoirs qui revenait tous les week-ends chez sa mère, une alerte vieille dame, membre d'associations de citoyennes, de clubs de bienfaisance, etc. Une forte personnalité, autrement dit. Il n'avait aucune amie, pas d'autre passion que la menuiserie et ne savait même pas conduire. Il était dans l'intendance militaire pendant les deux dernières années de la guerre; promu au grade vertigineux de caporal, il a servi en Hollande après le Débarquement.

– En Hollande ! s'écria Liz qui se reprit aussitôt : Mais Jan était un gamin.

– Oui, dit Patrick, un gamin qui versait du sable dans les réservoirs d'essence des véhicules allemands. C'est ce qu'il nous a dit.

La silhouette de Max s'encadra dans la porte.

– Quelle délicieuse odeur, s'extasia-t-il. Chère Mrs Morris, vous m'avez littéralement arraché à mon travail.

Puis, s'apercevant qu'ils avaient tous deux le visage soucieux, il modifia sa propre expression.

– Je suppose que vous parliez de la fin désolante de votre compatriote.

– Oui. Patrick nourrit à ce propos des idées délirantes.

– Vraiment ? Racontez-moi.

Le professeur remplit leurs verres avant de se servir un rhum.

– C'était un accident, n'est-ce pas ? Il avait peut-être trop bu et il est tombé dans la Ziller.

– Non, Max. Ce n'est pas si simple. Le corps n'a pas séjourné longtemps dans l'eau. Il ne portait pas les signes caractéristiques de la mort par noyade : pas d'écume dans la gorge et dans le nez, pas de peau ridée sur les mains et les pieds. Sans autopsie, on ne peut être sûr, évidemment, mais le Dr Wesser pense que j'ai raison. J'ai pu lui parler quand il est revenu du site de l'avalanche ce matin, peu après que Bernard a été ramené.

– Donc, de toute façon, il y aura autopsie, dit le professeur.

– Oui, mais, si j'ai bien compris, le médecin légiste habite la vallée voisine. Le corps de Bernard devra être transporté. Je pense que Wesser peut recevoir l'ordre d'y procéder en cas de délai prolongé.

– Il n'y a pas de morgue à la clinique, dit le professeur.

– Justement, dit Patrick, l'air résolu.

– Qu'est-ce que vous voulez dire... Oh ! C'est horrible, gémit Liz.

– C'est horrible, répéta Patrick. Pour autant que nous le sachions, Fiona est la dernière personne qui a vu Bernard vivant, reprit-il. Elle s'est montrée très évasive, n'est-ce pas ? Il faut que je lui parle.

– Cherche Roy et tu trouveras Fiona, dit Liz. Il est possible qu'il ait eu le coup de foudre pour elle samedi, et que lui et Bernard se soient battus à son propos. Roy aurait laissé Bernard écroulé dans la neige sans le moindre scrupule. Colin a-t-il appris quelque chose sur Fiona ?

– Pas encore. Il n'a pas eu le temps, mais il s'en occupe en ce moment.

– Je me réjouis que la vie privée de l'un d'entre nous soit encore épargnée, dit Liz.

Elle se tourna vers Max que cette conversation avait, semblait-il, plongé dans la perplexité.

– J'ignore comment vous vous êtes lié avec Patrick, professeur, reprit Liz, mais c'est un type répugnant.

Jamais il ne renoncera à intervenir. Il est sûr que Bernard a été assassiné.

Le professeur hocha la tête.

– Pour quelle raison aurait-on voulu l'assassiner ? demanda-t-il. D'après ce que vous en dites, c'était un être terne et inoffensif.

– Absolument, c'est tout à fait ça, confirma Liz. Et ennuyeux au possible. Il affectait un comportement mystérieux pour se rendre intéressant.

– Il n'était pas dans son état normal quand il est sorti sans ses caoutchoucs, dit Patrick. S'il les mettait pour franchir les quelques mètres qui séparent l'annexe de l'hôtel, à plus forte raison les aurait-il enfilés s'il avait quitté le Gentiana dans l'intention de faire une balade.

– Peut-être Fiona était-elle si impatiente qu'elle ne lui a pas laissé le temps d'aller les chercher, suggéra Liz.

– Qui est-ce qui bat la campagne en ce moment ? railla Patrick. Tu imagines vraiment Fiona brûlant d'envie de se frotter à Bernard ?

– Fiona est la jeune personne qui s'occupe des disques ? s'enquit poliment le professeur.

– C'est ça.

– Elle aurait pu se contenter de Bernard faute de mieux, ou pour exciter la jalousie d'un autre, dit Liz. Elle aurait fort bien pu le tuer aussi. Pourquoi sommes-nous si sûrs qu'il s'agit d'un meurtrier ?

– Dans l'hypothèse où il aurait été attiré sur le lieu du crime, nous ne le sommes pas. Mais une femme n'aurait pas pu le transporter.

– Certaines femmes l'auraient pu, objecta Liz. Il était mince et ne devait pas peser bien lourd. Hilda est très baraquée, mais il lui faudrait un mobile. Et si c'était Fiona et qu'il s'agisse d'un simple accident ?

Les yeux brillants, Liz prit son souffle :

– Bernard et elle descendent vers la rivière, tendrement enlacés. Dans son excitation, Bernard a oublié ses caoutchoucs. Il perd l'équilibre et bascule par-dessus le parapet. Fiona qui commençait déjà à s'ennuyer avec lui le laisse en plan, en se disant qu'il ne va pas tarder à remonter. Elle s'en va. Mais quand il est porté manquant, elle prend peur et c'est pourquoi Roy et elle étaient fous d'inquiétude ce matin. À mon avis, c'est ça qui a dû se passer, dit Liz satisfaite de sa trouvaille. L'histoire se tient.

– Elle se tient, admit Patrick.

– Et il s'agit d'un accident, comme je le répète depuis le début, insista Liz.

– Mais nous étions tous d'accord sur le fait que Bernard n'était pas ivre ce soir-là, rappela Patrick.

– Non, il ne l'était pas, c'est indéniable.

– Alors je ne le vois pas du tout partir pour cette fameuse balade avec Fiona, objecta Patrick. D'après ce que tu dis, il avait peur des femmes. Il avait probablement une vie fantasmatique très riche et totalement délirante mais, confronté à une femme en chair et en os, il aurait pris la fuite en courant comme un dératé.

– J'avoue que je ne comprends pas pourquoi Fiona l'a choisi ce soir-là, reconnut Liz troublée. Il y avait des tas de types nettement plus engageants au night-club. Et Bernard n'était visiblement pas le genre d'homme susceptible de satisfaire aux demandes d'une fille en chaleur.

– Liz ! Quel langage !

Patrick riait si fort que ses yeux disparaissaient presque derrière ses lunettes.

Le professeur souriait.

– Vous êtes un interlocuteur on ne peut plus tonique, Mrs Morris, si j'ose m'exprimer ainsi. Vous ne mâchez pas vos mots.

– Je vous en prie, professeur, appelez-moi Liz, demanda-t-elle en souriant.

Vivement, elle se tourna vers Patrick et le regarda bien en face.

– Tu n'as pas mentionné Francis, dit-elle. Ton copain flic a-t-il trouvé quelque horreur dans son sinistre passé ?

Puis, revenant au professeur, elle expliqua :

– Patrick a un ami dans la police, à Londres. Il lui a demandé des renseignements sur nous tous.

– Non, répondit Patrick. Il m'a dit simplement que le camping était organisé avec goût et que les Whittaker étaient bien vus dans le voisinage. Nous savions déjà que Francis a passé un moment dans cette région pendant la guerre.

– Colin n'avait pas besoin de nous le dire. Francis l'a raconté de lui-même. S'il avait eu quelque chose à cacher, il se serait tu, tout simplement.

– C'est très probable.

– Et Sam ?

– Ah ! oui, j'oubliais. Pauvre Sam. Il n'a pas eu de chance. Il y a quelques années, il participait à une fête et il y a eu une descente de police. On a trouvé de la drogue et Sam a été condamné. Après cet épisode, il a fait une dépression et a passé un certain temps à l'hôpital. C'est pour cette raison qu'il n'a pu honorer son contrat. D'après Colin, on pense qu'il a été victime d'un coup monté : jalousie professionnelle peut-être, ou d'un autre ordre. Quoi qu'il en soit, il a trinqué.

– Pauvre Sam. C'est désolant mais je ne vois pas quel rapport cela pourrait avoir avec Bernard.

– Moi non plus. À moins que Bernard n'ait été lui aussi à cette fête, mais l'hypothèse est vraiment hasardeuse, réfléchit Patrick. Le Hollandais de Sue était au night-club samedi soir, n'est-ce pas? Ou était-il reparti pour son hôtel avant que Bernard ne sorte au crépuscule avec Fiona, en admettant qu'il l'ait fait?

Liz se demandait si elle allait parler à Patrick de la silhouette qu'elle avait vue dans le corridor ce soir-là. Non, pas encore, décida-t-elle.

– Je ne crois pas. Sue est rentrée très tard se coucher. Elle avait dû se faire faire des mamours ici ou là, dit-elle.

– Se faire faire des mamours ! répéta Patrick en roulant des yeux. Quelle expression délicieusement désuète. J'adore ta façon de pratiquer notre langue, Liz. Un jour, je te demanderai de donner un cours à mes meilleurs élèves.

L'expression hostile de Liz le dissuada de s'étendre sur ce sujet.

– Allons, dit-il en s'ébrouant, je ne crois pas que nous puissions progresser tant que je n'aurai pas entendu ce que Fiona peut nous dire de cette soirée. Et vous, mon cher Max, je vous sens un peu déconcerté par tous ces Britanniques lâchés dans vos altitudes. Oublions Bernard quelque temps au bénéfice de nos palais et passons aux choses sérieuses : où en est le déjeuner ?

IV

June Foster mangea très peu au déjeuner. Sa cheville la faisait souffrir en permanence et, à force de pleurer, elle avait affreusement mal à la tête ; elle se sentait profondément misérable. Depuis son entrée à la clinique, Roy n'avait pas passé plus d'une heure auprès d'elle. Elle ne pouvait pas vraiment lui en vouloir : quelle idée avait-elle eue de se casser la jambe le deuxième jour de son voyage de noces. Mais il ne faisait pas un temps resplendissant et elle ne pouvait s'empêcher de se demander comment Roy occupait ses journées.

Délibérément, elle ramena ses pensées vers la cérémonie de mariage, ne serait-ce que pour oublier un instant l'humiliation qui l'avait suivie. Quatre jours plus tôt, arborant une robe de brocard blanc crème et des kilomètres de tulle arrimés à sa couronne, elle était montée à l'autel escortée de deux cousines, minces et jolies comme elle ne le serait jamais. Elle n'avait pas vraiment d'amies. En classe, on l'avait surnommée «Dodue», à cause de sa silhouette, et elle n'avait manifesté aucun don pour aucune matière. Si, pour la cuisine. Elle avait un vrai talent pour la cuisine, qui s'était révélé tardivement alors que ses parents se demandaient anxieusement ce qu'ils allaient faire d'elle après sa scolarité. Quand Roy, qu'elle connaissait depuis toujours, s'était mis subitement à s'intéresser à elle, June avait trouvé ses attentions merveilleuses. Leurs mères étant très amies, Roy et elle avaient souvent passé les vacances ensemble à Woolacombe quand ils étaient enfants. Roy était son aîné de quelques années; il lui balançait des seaux d'eau en pleine figure et piétinait ses châteaux de sable; à l'époque, elle le détestait. Les parents se réjouissaient de ce mariage. Quand Roy avait seize ans, son père était mort dans un accident de la route et sa mère avait confié la direction de l'exploitation à un gérant jusqu'à ce que Roy fût en âge de la reprendre.

June aimait beaucoup Mrs Foster et se réjouissait à l'idée de vivre auprès d'elle. La perspective d'habiter la grande vieille ferme l'emplissait de bonheur. Roy avait promis qu'elle aurait un cheval car son entretien pourrait entrer dans les charges de l'exploitation. Sans illusion sur l'élégance de sa silhouette en cavalière, June n'en adorait pas moins monter. Son père lui avait assuré une rente confortable. L'objectif principal en était de réduire les droits de succession, June ne l'ignorait pas. Elle ne lui en était pas moins reconnaissante car cela signifiait qu'elle ne serait pas une charge pour Roy mais contribuerait, elle aussi, à leur revenu. Elle ne craignait pas de se sentir seule quand Roy travaillerait sur l'exploitation : elle aurait tant à faire. Elle avait toute confiance en sa capacité de bien tenir une maison, sans dépenses superflues, car elle maîtrisait tous les aspects de la gestion domestique. Mis à part l'équitation, c'était le seul talent qu'elle savait pouvoir exploiter sans courir au désastre. Pendant ses études, elle avait continué de vivre chez ses parents; les longs déplacements quotidiens lui épargnaient d'avoir à entrer dans le tourbillon mondain dont s'enchantaient les étudiantes de son collège. Tout en feignant de les envier, elle s'en félicitait secrètement. Elle se savait incapable de vivre sans graves dommages les aventures que les autres trouvaient normales.

Il y avait un ennui avec Roy. Jamais il ne lui avait donné la moindre occasion de s'effaroucher et June, parfois, avait déploré sa réserve. Jusqu'à vendredi soir, dans leur hôtel à Londres. Elle frémit à ce souvenir et ses pleurs reprirent de plus belle; elle reniflait dans ses oreillers quand on frappa à sa porte.

Le visiteur, Sam Irwin, chargé d'un magazine et d'une boîte de chocolats, feignit d'ignorer la détresse de la jeune mariée.

De son côté, June essuya vivement le plus gros des larmes et réussit à sourire. C'était tellement gentil de la part de Sam de venir la distraire alors qu'il la connaissait à peine. Mais elle le connaissait par ouï-dire, grâce aux bavardages de Sue qui, avec un franc-parler relevé d'humour, lui avait dépeint la communauté anglaise du Gentiana.

June ouvrit la boîte de chocolats, franchement délicieux, auxquels ils firent honneur. Sam prit des nouvelles de sa jambe puis lui décrivit la mémorable soirée-fondue, brusquement plongée dans la clarté avare des trois réchauds à alcool.

– Sue Carter m'a raconté que vous vous êtes mis au piano et que tout le monde a dansé. Roy devait être aux anges, assura June en fixant sur Sam ses grands yeux éperdus.

– Nous étions à court d'hommes, si bien qu'il a dû s'exécuter, répondit Sam, commettant une entorse délibérée à la vérité. Il n'est pas resté très tard.

Cela du moins était strictement exact. Inutile de préciser qu'il était parti en compagnie de Fiona, que la panne d'électricité avait libérée de ses fonctions.

– Je pense que vous avez appris ce qui est arrivé au malheureux Bernard Walker, dit Sam.

Le sujet n'était pas de nature à égayer une invalide mais il présentait le double avantage d'évacuer le sujet précédent et de détourner June de ses propres malheurs.

– Oui, quelle terrible histoire ! On se demande vraiment comment l'accident a pu se produire.

– On pense qu'il est sorti se promener et qu'il a glissé, dit Sam. Il avait quitté le night-club avec Fiona.

C'était là une information précieuse et rassurante pour June, au cas où, par malheur, quelqu'un aurait associé devant elle les prénoms de Roy et de Fiona. Toutefois, Sam lui-même avait revu Fiona ce soir-là.

Contrairement à Bernard, il bénéficiait d'un balcon, et samedi soir, en rentrant, il avait ouvert sa fenêtre et regardé la neige tomber. En fait, il voulait simplement aérer sa chambre avant de refermer fenêtre et radiateur pour ne pas s'éveiller au milieu de la nuit, étouffant de chaleur. Penché sur son balcon, il avait aperçu Fiona devant l'hôtel encore tout éclairé ; elle se dirigeait en vacillant légèrement vers l'annexe ; il avait vu aussi une silhouette masculine et trapue sortir du bâtiment principal du Gentiana et la rejoindre. Quelques minutes après, il les avait entendus monter l'escalier de l'annexe jusqu'au second étage, où logeait Fiona. Un bon moment plus tard, nouveaux bruits de pas qui cette fois descendaient. Sam pensait être seul à savoir que June avait été abandonnée pendant une bonne partie de la deuxième nuit de sa lune de miel.

Grâce à un séjour à Stratford-sur-Avon, il connaissait les Cotswolds qui leur fournirent un nouveau thème de conversation absolument sans danger. Ils évoquèrent les agneaux nouveau-nés qui folâtraient sur les crêtes, les murs de pierre et les délicieuses vieilles demeures aux toits argentés, les ruisseaux, les chemins creux et ce fut une demi-heure bien plaisante. Sam commençait tout juste à solliciter sa cervelle en quête d'un sujet nouveau lorsque deux autres visiteurs firent leur apparition. Sue et Jan apportaient un carton de gâteaux à la crème et annoncèrent leur intention de prendre le thé avec June.

– Nous sommes allés nager au Grand Hôtel, dit Sue dont le visage rayonnait de santé.

– Plus reposant que d'apprendre à skier ! dit Jan. Au lieu d'endommager mon gros derrière hollandais comme je le fais dans la montagne, je prends juste une méchante claque sur l'estomac. Je ne sais pas plonger, ajouta-t-il avec un sourire désarmant. En revanche, Sue est splendide. Ça c'est une femme !

Sue sourit avec complaisance.

– Roy était peut-être aussi à la piscine, suggéra timidement June.

– C'est bien possible mais je ne l'ai pas vu, répondit Jan. La piscine grouillait de monde. Je n'ai repéré qu'Elizabeth et le Dr Grant. C'est la seule chose qui reste à faire puisqu'on ne peut skier. J'espère seulement que les réserves de bière ne vont pas s'épuiser avant que nous reprenions contact avec le monde civilisé.

June ressentit subitement un sérieux regain d'optimisme. Elle allait sonner et demander à l'infimière de faire monter chez elle du thé pour cinq personnes. Roy était sûrement en route pour la clinique et, quand il arriverait, il verrait combien sa femme était populaire, entourée de ses amis.

V

Partagée entre amusement et ironie, Liz suivait avec attention les ébats de Sue et de Jan dans la piscine. Deux baleines, pensait-elle, deux baleines amoureuses. Elle y pensait si fort qu'elle finit par le dire tout haut.

– Tu es injuste, protesta Patrick. Sue n'est pas vraiment grosse. Elle me ferait plutôt penser à un marsouin. Et elle nage très bien.

Sue nageait bien mais, ce jour-là, elle était d'humeur joueuse et taquine, et Jan n'y trouvait rien à redire. Liz et Patrick exécutèrent rapidement dix longueurs d'affilée, ayant tous deux besoin de stimuler leur digestion.

– Quand je mange trop et que je ne peux pas faire d'exercice, je suis d'une humeur de chien, dit Liz.

– Comment t'arranges-tu à Londres ? demanda Patrick.

– Squash en hiver, tennis en été. Toi, en revanche, tu te laisses aller à la vie indolente des universitaires. L'âge venant, tous les muscles que tu t'es forgés à l'aviron dans ta jeunesse vont tourner en mauvaise graisse.

– Mauvaise langue ! répliqua Patrick.

Il se hissa hors de l'eau et se tint sur le bord de la piscine pour qu'elle puisse admirer son physique. Il était mieux que présentable ; à Oxford, pendant l'année scolaire, il ramait plusieurs fois par semaine sur la rivière et passait une partie de ses vacances à faire des randonnées ou de l'escalade. Il exécuta un impeccable plongeon en arrière dans la piscine et ressortit près de Liz, secouant la tête pour rejeter ses cheveux.

– Tu as une drôle de tronche sans tes lunettes, dit-elle. Tu es presque indécent.

D'un geste vif, il tendit le bras et lui plongea la tête sous l'eau. Crachotante, elle s'éloigna au plus vite. Décidément, jamais il ne se résoudrait à devenir adulte.

– À présent, nous allons faire une incursion en zone interdite, sur la route de Kramms, dit-il, lorsqu'ils quittèrent le Grand Hôtel, en grande forme tous les deux. Je veux te montrer quelque chose.

– Traîner dans la neige en sortant de l'eau... Tu n'y penses pas ! Nous allons attraper la mort ! grogna Liz qui avait espéré un thé copieux et raffiné dans les salons du Grand Hôtel.

– Allons donc ! Tu es couverte comme un oignon. Cesse de gémir comme ça tout le temps, la rabroua Patrick.

Il faisait beaucoup plus froid à présent et la neige qui continuait de tomber leur brûlait les joues. Liz resserra ostensiblement son foulard autour de sa tête pour protéger ses oreilles de l'air glacial. Ils traversèrent le village, franchirent le pont et poursuivirent jusqu'à l'embranchement de la route. À partir de là, la neige était profonde et la marche malaisée en dépit des traces nombreuses laissées par d'autres promeneurs.

Parvenu devant la barricade, Patrick la contourna le premier et ils marchèrent l'un derrière l'autre jusqu'à la brèche pratiquée dans le remblai de neige au bord de la route. Patrick la précéda le long du passage, déblayé depuis sa première reconnaissance des lieux et que recouvraient cinq centimètres de neige fraîche. À la hauteur de la passerelle, il s'arrêta; Liz fit de même.

– Je me demande qui habite là-bas, dit-elle en désignant sur l'autre rive le chalet parmi les arbres.

– Je me pose la même question, dit Patrick.

– Tu m'étonnes! J'aurais parié que tu l'avais découvert depuis longtemps.

– Je le saurai en temps utile, répliqua-t-il.

Il s'approcha de la passerelle qui avait également été balayée depuis le matin. Légèrement imprimée dans la neige fraîche, une seule série d'empreintes la traversait.

– C'est ici que Bernard a été abandonné, dit Patrick, j'en suis convaincu. L'endroit est proche de l'hôtel tout en étant à l'écart des sentiers battus. Tous les débris qui tombent dans l'eau à cet endroit sont emportés jusqu'au pont, sans avoir été longtemps retenus en cours de route. S'il te plaît, Liz, reste une minute où tu es.

Il s'approcha du bord et fit quelques mètres en amont. Liz, qui le regardait chercher ses prises, craignait qu'il lui fasse une démonstration immédiate de ses derniers propos; il semblait dangereusement exposé à un nouveau plongeon.

En équilibre sur une pierre dont il avait raclé la neige, il scrutait le courant avec attention. Puis il revint auprès d'elle.

– Que cherchais-tu ? demanda-t-elle.

– Je te le dirai plus tard, répondit-il. Maintenant, revenons sur nos pas pour attendre le retour de notre ami. Repars vers la route, tu veux ?

Elle fit docilement demi-tour. Quand ils arrivèrent sur la route, il la prit par le bras et l'accompagna dans la direction de Kramms, jusqu'à ce qu'ils fussent hors de vue d'un éventuel passant situé à hauteur de la brèche.

– Nous allons attendre un petit moment pour voir si le visiteur revient, dit-il. C'est peut-être quelqu'un que nous connaissons. Tu restes là. Si tu as vraiment trop froid, tu siffles *Annie Laurie* et je reviens.

– Où vas-tu ?

– À l'angle de la brèche, d'où je pourrai voir si quelqu'un arrive. Quand il apparaîtra, je me cacherai et nous le suivrons pour voir qui c'est.

– Tu penses que c'est un homme ?

– Les empreintes sont celles d'un homme, ou celles d'une grande femme, dit Patrick en s'éloignant.

– Les rives de l'Isis étaient autrement hospitalières, murmura Liz.

Trop tard, hélas, pour que Patrick pût bénéficier de son érudition.

Restée seule, elle se mit à sautiller sur place et à taper du pied en mesure pour ne pas se muer en glaçon. Ce serait sans doute le crépuscule et lui seul qui mettrait fin à leur guet. Sa fierté ne lui permettait pas de reconnaître trop vite une défaillance physique ; néanmoins, elle commençait à claquer des dents lorsque Patrick reparut, lui faisant signe de ne pas bouger. Pendant quelques secondes, il resta immobile auprès d'elle en lui tenant la main, puis il lui imprima une légère secousse et ils reprirent la route en direction de Greutz.

Une silhouette les précédait, indistincte parmi les flocons. Patrick pressa le pas pour rattraper progressivement l'homme qui les devançait et Liz s'efforçait non sans mal de suivre son allure. La progression dans la neige profonde lui demandait de tels efforts qu'elle n'avait pas le loisir d'examiner leur gibier mais, une fois la barricade passée, la marche devint plus facile sur la route dégagée. Un coup d'œil lui suffit alors pour reconnaître Francis.

Patrick l'emmena au Ferdy's et lui offrit un double grog brûlant.

– Il n'avait pas le comportement d'un suspect, dit-elle posément. Il a dû voir nos traces dans la brèche et celles qui menaient là où nous attendions. Il n'a même pas regardé autour de lui.

– S'il est innocent, il n'avait aucune raison de s'inquiéter en voyant nos empreintes. S'il est coupable, nous le saurons rapidement car il va devoir agir, dit Patrick. Et maintenant, mon chou, tu as encore un effort à fournir. Bois autant de doubles grogs que tu veux avant de rentrer à ton hôtel mais poursuis ton charmant flirt exactement comme avant. Nous devons être parfaitement normaux.

– Si tu savais seulement à quel point je te hais, Patrick Grant, susurra Liz en vidant son verre. À l'avenir, tu feras tout seul ton foutu boulot de privé. Filature et flirt compris.

VI

Le froid vint avec la nuit. Fidèle à sa menace, l'intrépide Robin des Bois avait organisé dans la matinée une bataille de boules de neige : Hickson's Holidays contre Snopranx ; de mèche avec l'accompagnatrice de l'agence rivale, elle avait aussi combiné un bal au Silvretta où se produisait un orchestre de trois musiciens. Pas question de se défiler ; Penny ne tolérait pas les défections. À la fin du dîner, son troupeau du Gentiana se concerta autour des tasses de café.

– Autant y aller, dit Sue. On ne peut pas se mettre au lit avec les poules et il n'y a rien d'autre à faire.

Pour sa part, elle ne demandait qu'à céder aux injonctions de Penny. Jan était hébergé au Silvretta et elle le retrouverait certainement à la soirée.

Même Barbara Whittaker y était favorable.

– Nous devrions proposer à Frau Hiller de venir avec nous, suggéra-t-elle. J'ai le sentiment que nous aurions déjà dû l'inviter le soir de la fondue. Elle doit se sentir isolée.

– Ce ne sont pourtant pas les Allemands qui manquent à Greutz, répliqua rudement Freddie. Pourquoi est-ce qu'elle ne copine pas avec eux ?

– Peut-être ne lui plaisent-ils pas, répondit Barbara. On ne partage pas forcément les goûts de tous ses concitoyens. Et l'on rencontre des gens de toute espèce en vacances.

Tout en parlant, elle n'avait cessé de fixer Freddie qui soutint son regard effrontément.

Cette conversation se passait à la salle à manger, où ce que Liz décrivit plus tard à Patrick comme une grande victoire morale venait d'avoir lieu : les Whittaker avaient renoncé à leur isolement et rejoint la table des autres clients de Hickson.

Il fut admis à la majorité des voix que Frau Hiller devait être intégrée aux divertissements nocturnes du groupe. Freddie était vaincu. La dame allemande commença par refuser, sans cacher le plaisir que lui causait l'invitation, puis se laissa doucement convaincre. Le café terminé, ils descendirent la rue de conserve, Frau Hiller solidement encadrée par Francis et Sam qui lui donnaient le bras.

Après quelques mètres, comme un seul homme, le groupe s'arrêta net, le nez levé. Le ciel était clair et sombre, piqueté d'étoiles brillantes, tel qu'aucun d'eux ne l'avait encore vu depuis qu'ils étaient les hôtes de la montagne.

Penny renifla bruyamment l'air vif.

– Il gèle dur. Demain, il fera beau, annonça-t-elle.

Ils se remirent en marche, enfin joyeux. Le froid les obligeait à retenir leur respiration mais ils se sentaient stimulés par ce changement d'atmosphère. Le village s'offrait tout entier à leurs yeux, nettement découpé contre le ciel obscur, ses multiples fenêtres doucement illuminées par la lueur des bougies. Le courant électrique n'était pas encore revenu et seuls le Grand Hôtel et la clinique avaient leur propre générateur.

Avant le pont, à la stupéfaction générale, Roy se sépara du groupe pour aller à la clinique.

– N'ayez pas l'air si étonnés, les admonesta Sue. C'est ce qu'il aurait dû faire depuis longtemps.

Sotto voce, elle ajouta en se rapprochant de Liz :

– Je doute que Fiona porte longtemps le deuil !

Elle avait raison. Lorsqu'ils entrèrent au Silvretta, Fiona dansait déjà joue contre joue avec un client de Snopranx. Penny se gâcha le début de la soirée à épier ses évolutions. Bientôt il apparut que, ce soir du moins, Fiona vivrait sa vie dans la fidélité à son cavalier de

Snopranx et ne boirait que des panachés. Penny relâcha sa surveillance et se permit de profiter de l'instant.

Le mini-orchestre jouait avec efficacité des rengaines dont le rythme appuyé obligeait tout un chacun à le soutenir en tapant des pieds. Patrick, le professeur et Jan, qui avaient dîné ensemble au Silvretta, firent bientôt une entrée très remarquée. Sans prendre le temps de s'asseoir, le professeur traversa la salle pour s'incliner courtoisement devant Frau Hiller et l'inviter à danser. Rougissante comme une collégienne, Frau Hiller avoua ne pas s'être risquée sur une piste de danse depuis des années. Elle prit néanmoins son envol en valsant dans les bras du professeur Klocker.

Patrick, qui avait invité Liz, se traînait sur la piste et parlait d'abondance. Après qu'ils s'étaient séparés, lestés de doubles grogs, il avait déniché Fiona et lui avait dit qu'elle était la dernière personne qui avait vu Bernard vivant. Fiona avait reconnu qu'ils avaient quitté ensemble le night-club. Ils avaient mis leur manteau dans le hall de l'hôtel avant de sortir pour rentrer à l'annexe mais, une fois arrivés au porche, Bernard avait déclaré qu'il avait oublié quelque chose et qu'il devait aller le chercher. Il n'avait pas reparu. Fiona était allée à sa recherche dans l'hôtel ; sans succès ; alors, elle avait abandonné.

– En fait, elle a rencontré Roy, dit Patrick. Il la cherchait et il l'a trouvée quand elle repartait vers l'annexe à tâtons dans la neige. Ils ont eu une liaison assez sérieuse l'année dernière mais Roy l'a laissée tomber pour épouser June. C'est seulement samedi matin, en voyant la liste des brebis de Penny, que Fiona a appris que Roy devait venir à Greutz, ce qui explique qu'elle se soit ouvertement soûlée et qu'elle ait fait ce numéro avec l'infortuné Bernard. Roy a dû être abasourdi quand il l'a vue.

– Où s'est passé ce charmant interview avec Fiona? s'enquit Liz.

– Où veux-tu que ce soit? Dans sa chambre, évidemment.

– Eh bien, ce soir, Maître Roy a joué le rôle de l'homme de devoir, commenta Liz.

– C'est un homme de devoir, dit Patrick.

Le ton était tranchant et Liz lui jeta un regard aigu.

– Tu l'as aussi interrogé, dit-elle accusatrice.

– Parfaitement. Je me flatte de lui avoir flanqué une saine et sainte trouille, répondit Patrick, sans égard pour le langage châtié en honneur dans sa vieille université.

– Mais, Patrick...

La voix lui manqua.

– Je sais ce que tu allais dire : tu ferais mieux de te mêler de tes oignons; laisse tomber et June plaquera Roy, et patati et patata. Mais, vois-tu, Liz, tu as une façon très sympathique d'attribuer aux autres tes propres dispositions. Je conçois parfaitement qu'une personne comme toi trouve intolérable l'idée d'épouser Roy Foster. Mais June, elle, sera très contente dès qu'elle aura quelques gamins suspendus à ses basques. Elle ne s'apercevra même plus que Roy la trompe, car il la trompera sûrement. Bientôt, elle ne fera quasiment plus attention à lui. Elle vivra dans un cadre agréable : vieille demeure, beaux enfants et position sociale enviable. Elle n'est pas capable d'accéder aux relations profondes que tu cherches et dont tu as besoin; elle n'est qu'une petite fille sotte et gentille qui deviendra une aimable et sotte mère de famille et sera parfaitement heureuse. Si elle brise dès maintenant ce mariage, ce qu'elle devrait faire à ton avis, elle sera démolie pour la vie, marquée par l'échec, humiliée sans remède possible. Et si jamais une autre occasion se présente à elle, ce sera fatalement un autre Roy.

Liz avait écouté sans broncher.

– Comme tu es cynique, dit-elle finalement lorsqu'ils furent revenus à leur table.

– Non, simplement réaliste, dit-il doucement. June n'est pas faite pour vivre seule.

– Mais si elle vit avec Roy, c'est exactement ce qui lui pend au nez.

– Tu oublies les enfants. Ils lui suffiront.

– Il m'arrive de penser que tu es démoniaque, dit Liz.

Elle omit d'ajouter ceci : elle le considérait parfois comme l'individu le plus perspicace qu'elle connût.

– Et Bernard dans tout ça ? reprit-elle. Si Roy et Fiona étaient ensemble, ça les met hors de cause, non ?

– Pas en ce qui concerne Roy. Il s'est passé un certain temps avant qu'il rencontre Fiona.

– Assez pour… ?

– Difficile à dire. Fiona était trop éméchée pour avoir une idée très précise de l'heure.

– Alors, quelle est ton hypothèse à présent ? Tu en as une ?

– Oui, je sais qui a tué Bernard, dit Patrick. Mais je ne peux pas le prouver et j'ignore quel est le mobile.

– Donc, tu ne vas rien me dire.

– Pas encore, Liz.

– Tu pourrais te tromper.

– C'est possible, admit-il, mais je ne le crois pas.

Il n'en dirait pas plus.

Liz fut éberluée lorsqu'elle leva les yeux vers le nouveau danseur qui se présentait à elle : Sam Irwin en personne. Un Sam métamorphosé qui n'avait plus rien de commun avec le compagnon silencieux et farouche de la première semaine. Lorsque prit fin leur discussion animée sur les bouffons dans le théâtre de Shakespeare, Liz était convaincue que Sam était le meurtrier : pour une raison inconnue, Bernard avait menacé Sam et la disparition de la menace avait entraîné celle des inhibitions de Sam. Car le meurtrier se pensait à l'abri, Max et elle étant seuls à connaître les soupçons de Patrick.

Plein de prévenance pour sa femme, Francis ne fit pas danser Liz ce mardi soir.

Mercredi

I

Il était difficile de croire ce matin-là que Greutz avait été le théâtre d'une mort accidentelle sous un ciel tourmenté et dans des rafales de neige. Disque de cuivre étincelant, le soleil se levait au-dessus du Wolfberg et sa lumière orangée gagnait progressivement les pentes du Schneiderhorn. Derrière la montagne puissante, le ciel pâle virait au bleu soutenu et des nuages effilés naviguaient avec indolence. Au Gentiana, on avait salué bruyamment la réapparition des croissants et, pendant la nuit, le courant électrique avait été rétabli dans le village. C'était, en apparence, le retour à la normale.

À neuf heures et demie, le point de rendez-vous de l'école de ski vibrait de l'impatience des apprentis skieurs et une file d'attente s'allongeait au départ du télésiège. Tous les clients du Gentiana étaient déterminés à passer la journée sur le Schneiderhorn ; Barbara Whittaker elle-même avait annoncé qu'elle y monterait et déjeunerait au restaurant.

Prenant son courage à deux mains, Liz résolut de skier seule. Une solitude très relative : il y aurait foule sur toutes les pistes et les champs de neige seraient investis, sans exception ; au pire, s'il lui arrivait quelque chose, cela ne passerait pas inaperçu. Ayant assisté de loin aux retrouvailles de Sue et de Jan sur la pente pour débutants de l'école de ski, elle prit place dans la queue des candidats au télésiège. Elle repéra un peu devant elle les Derrington dans leurs combinaisons noires jumelles puis, parvenue sur le replat de la montagne, avant d'entamer la descente de la piste blanche, elle vit Sam et Francis obliquer à gauche, vers la piste rouge.

C'était comme si les événements des derniers jours avaient été un cauchemar. Liz refusait d'y penser et espérait de tout cœur ne pas rencontrer Patrick. Il était probable que le col serait dégagé dans la journée et que rien désormais ne ferait obstacle à son départ. Bon débarras ! Il était capable d'avoir inventé tout ce scénario à titre d'exercice intellectuel ; mais pas les appels téléphoniques en Angleterre. Même Patrick, dans son désir de provoquer, n'aurait osé aller aussi loin.

Une autre chose l'intriguait : elle aurait voulu savoir ce que Francis était allé faire dans le chalet de l'autre côté de la Ziller.

Elle avait déjeuné au soleil dans le restaurant qui surplombait le télésiège : goulash épicé et pain noir. Elle avait lié conversation avec sa voisine, une Liégeoise qui ne parlait que le français, et elle était ravie d'avoir exercé le sien tout en passant un bon moment. Ensuite elle s'était décidée pour la piste bleue. Même le télésiège ne put ébranler sa confiance et elle accomplit la plus heureuse descente de sa carrière de skieuse dans la fine poudreuse qui crissait le long de ses skis, sur une piste bien damée par la motoneige et par les traces des autres skieurs. En l'absence de neige glacée, elle osa prendre de la vitesse, genoux ployés, détendue, illuminée par l'idée qu'elle pourrait continuer ainsi pendant des heures.

L'instant où ces radieuses illusions vous possèdent est aussi celui où il est temps de s'arrêter. À trois heures et demie, guidée par la prudence, elle retira ses skis au bas de la piste et, tournant le dos aux pentes tentatrices, elle flâna un moment dans le village que ses hôtes, trop longtemps prisonniers, avaient pratiquement déserté.

Sur le vaste parking du Grand Hôtel, des bandes de tissu dessinaient une grande croix rouge. Les badauds assemblés sur les lieux surveillaient des yeux la vallée. Liz se souvint brusquement avoir entendu le bourdonnement d'un hélicoptère dans le lointain. Elle se joignit aux curieux. À la limite de la zone où l'hélicoptère devait se poser, deux hommes vêtus de bleu manipulaient des sacs postaux.

L'appareil s'approcha en planant, précédé du fracas saccadé de son rotor. Il s'immobilisa au-dessus de son point d'atterrissage et descendit doucement sur ses patins. Le rotor continuait à vrombir. Les hommes dans l'appareil tendirent des sacs postaux à leurs collègues à l'extérieur. Puis ils sortirent de l'hélicoptère et discutèrent ; il semblait incroyable qu'ils pussent seulement s'entendre dans le vacarme de l'appareil. Quelques minutes plus tard, le pilote et son navigateur regagnèrent l'appareil avec les sacs postaux en partance ; le moteur accéléra et la bulle s'éleva dans les airs, plana de nouveau un bref instant au-dessus de sa zone de repos temporaire, vira et, prenant la direction de la vallée, partit vers l'au-delà des montagnes.

Les postiers de Greutz retournèrent à leur bureau chargés de leur fardeau et, le bruyant ballet aérien étant achevé, les spectateurs se dispersèrent. Liz, pour sa part, revint sur ses pas vers le Gentiana.

Arrivée à la fourche, elle planta ses skis dans la neige et prit la direction de Kramms. Elle entendait un chasse-neige qui travaillait en contrebas et marcha jusqu'à ce qu'il fût en vue. Les gerbes de neige qui jaillissaient comme de l'écume au sortir de son entonnoir s'ajoutaient aux remblais gigantesques déjà en place sur les bas-côtés. On avait retiré la barricade qui interdisait l'accès à la route et des promeneurs flânaient aux alentours ; mais le soleil avait déjà quitté la zone et il y faisait froid. Liz tourna à la hauteur de l'étroite brèche qui permettait d'accéder à la passerelle. Le passage avait été récemment déblayé.

Rien n'indiquait qu'il s'agissait d'un accès privé. Liz prit sa respiration et s'engagea sur la passerelle qui oscilla sous ses pas ; au-dessous, les tourbillons de la Ziller charriaient toujours branches et débris. À mi-chemin, elle s'arrêta pour regarder en aval ; le pont de bois couvert n'était pas très loin, bien que la distance par la route fût de plusieurs centaines de mètres. La version de Patrick pouvait se défendre.

Sur l'autre rive, un sentier grimpait entre les arbres. Liz le suivit et arriva très vite devant le chalet, qui datait très certainement d'avant la guerre. Semblables à des sourcils broussailleux, d'énormes avant-toits couverts de neige encadraient les fenêtres. Une pancarte annonçait : *Zimmer.* C'était une pension de famille. Francis y était-il venu en quête d'un hébergement pittoresque pour l'année prochaine ? Peu probable.

Barbara n'était pas du genre à s'accommoder d'une chambre plus rustique que celles du Gentiana. Alors pourquoi était-il venu ? Soudain, elle se rappela sa fille. Était-ce de ce côté qu'il fallait chercher ?

L'hypothèse n'était pas satisfaisante mais Liz n'en trouva aucune autre, non plus qu'une excuse pour frapper à la porte du chalet et poser les questions dont les réponses satisferaient sa curiosité. De toute façon, son allemand n'était pas à la hauteur d'une conversation un peu élaborée. Elle repartit avant qu'on ait pu la voir traîner autour de la maison.

II

Filant comme un boulet, Hilda Derrington doubla son mari sur la piste rouge en fin d'après-midi. Elle franchit comme une trombe le pont de bois et s'arrêta sur un dérapage avant le Gentiana ; elle planta ses skis dans la neige et attendit que Freddie la rattrape. Le ski n'était jamais qu'un des nombreux domaines où elle le surclassait.

– Alors ? A-t-elle fini par céder ? demanda-t-elle quand il s'arrêta près d'elle.

– Qui a cédé ? De quoi parles-tu ? répliqua-t-il hargneux.

Freddie portait un masque pour protéger ses yeux du soleil ; Hilda ne pouvait voir son expression quand ils étaient face à face.

– Mon Dieu que tu m'ennuies, soupira-t-elle. Où que nous allions, c'est toujours la même chose. Il faut à tout prix que monsieur fasse une conquête. Cette fois, tu disposes d'un atout, tu peux jouer de la menace. Tu as réussi à effrayer Barbara Whittaker.

Hilda se mit à rire, un rire caustique et dédaigneux.

– Pauvre Barbara ! Si belle et si stupide. Je pourrais lui dire que c'est pure fanfaronnade. Que s'est-il passé à Malte ? Avoue ! Je suis certaine que tu n'as pas eu plus de chance à Malte que tu n'en as ici.

– Elle a un ami peintre là-bas, répondit Freddie à contrecœur. Elle le retrouve tous les ans.

– Tu m'en diras tant ! Et le mari est au courant, si bien qu'elle se fiche un peu que tu le lui dises. À ceci près qu'il serait malséant que cela s'ébruite. Mon pauvre Freddie ! Tu ne sauras jamais t'y prendre.

– Ce n'est pas du tout ça, marmonna Freddie.

– Un gosse qui mendie des bonbons, voilà ce que tu

es, railla Hilda. D'habitude, ça m'amuse de t'observer mais pas quand tu me ridiculises en même temps que toi. M'enfermer dans la salle de bains était puéril. Comme si ça vous donnait assez de temps ! Je suis bien placée pour savoir qu'il te faut toute la nuit. Et encore, quand tu es au mieux de ta forme !

L'air mauvais, Freddie s'avança sur ses skis en brandissant un de ses bâtons. Hilda rit de plus belle.

Méprisant la menace, elle descendit lentement vers l'hôtel, sans un regard pour lui. Tout aussi lentement, Freddie suivit.

III

Avant d'entamer la dernière descente de la journée, Fiona la rousse et Penny la blonde buvaient un citron pressé chaud sur la terrasse du restaurant d'Obergreutz. Les ombres s'allongeaient déjà sur les pentes en contrebas. Auréolé d'or, le soleil baissait dans le ciel. Les visages lisses des deux amies brillaient d'huile solaire et la lumière éclatante faisait chatoyer leurs longs cheveux brillants.

– Je m'en vais dès que les transports sont rétablis, annonça Fiona. Désolée de te laisser tomber, Penny. Je ne peux pas rester pour me cogner à lui dès que je fais un pas. Je t'assure, je ne pourrai jamais tenir une semaine de plus. Bizarre, hein ? Voilà maintenant que je le hais !

Fiona haussa les épaules, exaspérée. Sans regarder Penny, elle reprit :

– C'est une espèce de folie qui nous a pris de remettre ça. Et l'accident de June qui rendait tout si facile…

– Roy ne peut pas être un type bien, Fiona, dit Penny. À peine marié, il trompe sa femme. Rappelle-toi aussi comment il t'a lâchée. Sans un mot. Plutôt cruel, non ?

– Le cœur n'a rien à voir là-dedans, dit Fiona qui planta brusquement son regard dans celui de Penny. Tu penses que je suis ignoble, c'est ça ?

– Je pense que tu es stupide, dit Penny fermement. Je ne comprends tout simplement pas ce que tu peux trouver à un type pareil. Depuis que je fais ce job, j'ai eu affaire à de sacrés numéros, crois-moi. Mais en fait de dureté, Roy bat tous les records. Penses donc ! Imposer une lune de miel dans les Alpes à June qui n'avait jamais posé les pieds sur des skis !

– Où voulais-tu qu'il l'emmène en hiver ?

– À Ténériffe, par exemple. On peut aussi se marier en été.

– Roy ne pouvait pas se permettre d'attendre, répliqua Fiona d'un ton sec. Le père de June a constitué à sa fille une sacrée rente. Et Roy, lui, est endetté jusqu'au cou.

– Et toi, tu te laisses prendre par un type pareil ?

– Je t'ai déjà dit que les sentiments n'ont rien à voir là-dedans, aboya Fiona. Pour dire les choses crûment, il me baise comme je ne l'ai jamais été. Mais on ne m'y reprendra plus. C'est bien fini.

Elle frissonna. Il y avait quelque chose de bizarre dans l'accident de June, elle le savait. Roy n'aurait jamais dû l'emmener sur le Schneiderhorn le premier jour ; c'était insensé. Elle savait aussi qu'il était impitoyable quand on faisait obstacle à ses désirs.

– Eh bien, tu vois, dit Penny en se levant, je suis heureuse de ne pas être comme toi.

Elle se redressa et ferma la glissière de son blouson.

– Je préfère mes plaisirs simples. Allez, Fiona, remue-toi. Il est temps de rentrer. Il commence à faire froid.

IV

La splendeur du couchant l'emporta sur celle de l'œuvre de Christopher Marlowe. Max se leva de son bureau et rejoignit Patrick devant la fenêtre.

– Il ne me reste plus qu'à contrôler quelques références, dit-il. Je propose que nous nous accordions demain une belle journée tonique dans la montagne. Le col sera certainement déblayé dans la journée et il faudra bien nous rendre à l'appel de nos élèves.

Ils partirent le lendemain après le petit déjeuner, laissant à Helga le ménage ; après un coup de fil à Kramms, le professeur comptait bien qu'elle reviendrait dans la journée. Ils passèrent la matinée au sommet du Schneiderhorn, où ils montèrent avec le téléski puis grâce au réseau de pistes qui le desservaient. Là-haut, l'atmosphère était vivifiante ; l'air pur et clair pénétrait les poumons. Autour d'eux, les pics déchiquetés se découpaient sur le bleu vif du ciel ; sur les flancs puissants des montagnes, des lignes brutales et des à-plats noirs marquaient les ravins et les surfaces trop abruptes pour retenir la neige.

– On devrait obliger tous les hommes à passer ne serait-ce qu'un jour par an sur ces hauteurs, déclara Patrick. Pour le bien de leur âme.

– Elles nous rappellent utilement notre insignifiance, dit Max. Pensez-vous que la montagne nous élève ?

– Spirituellement et physiquement, oui, répondit Patrick.

Ils déjeunèrent à Obergreutz, installés au soleil sur la terrasse. Le restaurant était comble, des gens de toutes nationalités que, pour la plupart, Patrick n'avait pas rencontrés au cours de ses pérégrinations. Ils durent manœuvrer habilement pour trouver où s'asseoir avec leurs assiettes de ragoût.

– Qui aurait cru que Greutz pouvait héberger une telle foule, s'étonna Patrick.

– Tout ce monde-là ne vient pas de Greutz. Certains logent à Kramms et dans les villages de l'autre versant, dit le professeur. Nous redescendrons par Kramms après le déjeuner. C'est une bonne piste et la traversée en téléphérique sera très agréable par un temps pareil.

– La piste est-elle difficile ? s'enquit Patrick.

– Pas aussi dure que la piste rouge qui ramène à Greutz. Parfois, sous les arbres, on tombe sur de la neige glacée mais aujourd'hui, ce sera une promenade de père de famille, répondit Max en clignant de l'œil derrière ses lunettes.

Patrick aperçut Liz sur la terrasse ; elle faisait mine de ne pas les avoir remarqués. Il savait d'avance qu'elle ne souhaitait pas lui parler et lui-même croyait pouvoir se passer de son aide pour mettre en place les derniers morceaux du puzzle. Tous les Anglais dont il avait fait la connaissance au village étaient là, eux aussi. Sue et Jan flirtaient discrètement au milieu de leur groupe, des filles pour la plupart. Leur moniteur bronzé ponctuait ses instructions de remarques flatteuses pendant qu'elles exécutaient des stems disgracieux sur le vaste plateau en contrebas du restaurant. Hilda et Freddie Derrington, qui avaient déjeuné avec Penny et Fiona, les abandonnèrent après le café pour monter plus haut par le tire-fesses. Francis Whittaker et Sam Irwin skiaient de concert ; Patrick et le professeur les avaient croisés tout en haut. Au déjeuner, Barbara et Frau Hiller les rejoignirent. Elles avaient fait le trajet en télésiège pour jouir du splendide panorama et semblaient satisfaites de rester tranquillement assises au soleil en regardant les skieurs. Roy fit son entrée, apparemment seul; faute de siège libre, il s'assit sur les marches et entama le contenu du panier-repas du Gentiana qu'il arrosait d'une grande chope de bière; l'angle du restaurant le dissimulait aux yeux de Fiona et de Penny. Les couleurs éclatantes des combinaisons des skieurs, des drapeaux bigarrés qui claquaient au-dessus du restaurant et des faisceaux de skis éclaboussaient la blancheur éblouissante de la neige.

– Allons voir si Whittaker et Irwin ont envie de descendre à Kramms avec nous, suggéra Patrick lorsque lui et Max furent prêts à partir.

Le professeur ne demandait que cela et les deux skieurs pressentis trouvaient l'itinéraire tentant. Francis connaissait bien la piste mais, comme Patrick, le modeste Sam se demandait s'il pourrait s'en tirer honorablement.

– Si je le peux, vous aussi, assura Patrick.

Ils prirent ensemble une dernière bière avant de se mettre en route.

– C'est étonnant la quantité de bière qu'on peut boire sans dommage quand on skie toute la journée, remarqua Sam.

– L'altitude a des effets déshydratants on ne peut plus agréables, acquiesça le professeur.

Il termina sa chope, se leva, délogea du bout de son bâton la neige collée à l'extrémité de ses chaussures et fixa ses skis. Il s'élança en tête sur la voie qui menait à Kramms et Francis, le meilleur skieur des trois autres, assura les arrières. C'était de fait une piste intéressante qui débutait, jusqu'à la ligne des arbres, par une pente doucement ondulée avant de se rétrécir pour serpenter à travers la forêt, franchir un ruisseau et déboucher sur les champs de neige qui menaient à Kramms. Là, ils se concertèrent : prendrait-on une autre bière au village avant de remonter ? Les sages décidèrent de ne pas mettre à trop rude épreuve les effets déshydratants de l'air raréfié. La tournée de chopes fut remise à plus tard. Du bas de la piste au téléphérique, la distance était courte et une cabine attendait quand ils atteignirent la station ; bientôt, à grand renfort de gémissements et de ronronnements, elle entreprit l'ascension vers Obergreutz. Ils prirent rapidement de l'altitude et, propulsés vers les hauteurs, tous s'efforcèrent de distinguer dans la vallée les repères lilliputiens.

Patrick désigna aux autres un chalet environné d'arbres au bord de la Ziller.

– Je crois qu'il s'agit du chalet Edelweiss, une pension de famille tenue par une veuve, Frau Weber. À vol d'oiseau, il est tout près de chez vous, Max.

– Tout près, confirma le professeur. Certaines agences y envoient des groupes d'amateurs désireux d'étudier la flore alpestre. Beaucoup d'Anglais y séjournent l'été.

– Vous connaissez Frau Weber, n'est-ce pas Whittaker ? poursuivit Patrick.

Un peu interloqué, Francis n'en répondit pas moins avec son affabilité coutumière.

– Oui, je la connais. Sa famille m'a caché plusieurs mois pendant la guerre. Je vais toujours rendre visite à Frau Weber quand je suis à Greutz.

– Qu'est-il arrivé à son mari ? s'enquit Patrick.

– Il était sur le front russe pendant la guerre mais il en est revenu, intervint Max. Il s'est tué dans un accident de montagne il y a quelques années. Frau Weber a un fils, un garçon très bien qui lui est d'un grand réconfort. Il vient de terminer ses études d'architecture. C'est bien ça ? demanda-t-il à Francis.

– Tout à fait, répondit l'interpellé.

– Je lui ai fourni une lettre de recommandation il y a quelques années, reprit le professeur.

– Ah oui ? Je l'ignorais, dit Francis.

– C'était avant qu'il n'entre à l'université, précisa le professeur. Je venais d'accepter ma nomination à Innsbruck. Auparavant, j'étais à Salzbourg.

Il regarda pensivement Francis.

– Un jeune homme très bien, répéta-t-il lentement. Physiquement, il ressemble beaucoup à son père. Un fils dont on peut être fier.

Patrick s'était jusqu'alors considéré comme immunisé contre les surprises mais ces propos le soufflèrent. Il savait que Max occupait son poste actuel depuis huit ans ; le garçon devait avoir dix-sept ou dix-huit ans quand il était entré à l'université, si bien qu'il avait dû naître vers 1944, après l'évasion définitive de Francis. Herr Weber n'était sûrement pas le seul combattant qui, de retour chez lui, avait été confronté à une telle situation. Voyant que Francis allait répondre au professeur, il s'empressa de distraire l'attention de Sam qui était très perspicace.

– Avez-vous apprécié la randonnée ? demanda-t-il.

– Énormément, répondit Sam. C'est fou comme on oublie vite le sale temps. Deux ou trois jours sous un ciel pareil valent à eux seuls le déplacement. Pour moi, c'était un peu de la folie de prendre ces vacances mais j'ai été malade avant Noël et je voulais être au mieux de ma forme pour la nouvelle pièce le mois prochain. Je skiais beaucoup à l'époque où j'étais étudiant et j'ai toujours aimé ça.

– Vous preniez des cours d'art dramatique ?

– Non, j'étudiais l'histoire. J'ai fait mes premières armes au théâtre avec le groupe d'art dramatique universitaire. J'ai enseigné pendant longtemps avant de faire le plongeon.

– C'était courageux de votre part.

– Vous savez, n'ayant pas de famille, je n'engageais jamais que moi.

Le téléphérique arrivait sur sa plate-forme à flanc de montagne et, lorsqu'ils descendirent de la cabine rouge, ils furent accueillis par Barbara et Frau Hiller.

– Frau Hiller et moi pensions que vous aviez pris une autre bière à Kramms, dit Barbara. Nous nous sommes demandé si nous allions descendre pour vous retrouver mais, finalement, nous avons pensé que vous remonteriez pendant que nous descendrions.

– Nous sommes revenus directement, chérie, dit Francis. Et nous sommes tous les quatre sobres comme des chameaux.

Patrick s'émerveilla une fois de plus de la nature multiforme du mariage; qu'il était étrange le marché que ces deux-là avaient conclu : les séjours estivaux de Barbara à Malte et les visites hivernales de Francis à Greutz après la mort de l'homme qui avait tenu lieu de père à son fils. Nul doute que, dans le Dorset, ils fonctionnaient avec la même efficacité sous ce double joug : Francis veillait sur les biens de Barbara et elle prenait soin de la fille de Francis. Ce dernier, du moins, n'avait pas abandonné Frau Weber après être sorti de sa vie. Comparé à ces entrelacs sentimentaux, le célibat semblait un havre de quiétude et de liberté. De temps à autre, Patrick se demandait s'il ne passait pas à côté d'une précieuse expérience mais, sitôt qu'il observait d'un peu près des situations conjugales de ce type, il bénissait le ciel qui l'en avait préservé.

Ils revinrent vers le restaurant et le télésiège, les hommes chargés de leurs skis, les deux dames d'un léger sac en bandoulière.

– Nous ferions bien de rentrer directement et de prendre le thé au village, dit Barbara. Il fait vraiment froid.

– Oui, le soleil se couche, approuva indirectement Frau Hiller.

– À tout à l'heure, alors, dit Barbara aux quatre hommes. Voulez-vous que nous vous attendions au Silvretta ?

– D'accord pour le Silvretta.

Frau Hiller et Barbara allèrent s'installer sur leur siège et les hommes mirent leurs skis. Ils décidèrent de descendre la piste rouge. Cette fois, Francis prit la tête, Sam venait ensuite, puis Patrick. Beaucoup de skieurs effectuaient comme eux leur dernière descente de la journée et il fallait être vigilant pour éviter les collisions dans les passages étroits de la piste. Avant de se lancer, Patrick jeta un coup d'œil derrière lui pour voir si Max suivait; il venait d'ajuster ses skis et enfilait ses gants, prêt à partir. Une ou deux fois pendant la descente, Patrick voulut contrôler de nouveau mais ne parvint pas à distinguer Max; mais, après tout, Max était le meilleur skieur du lot et, malgré son âge, le moins susceptible d'avoir un ennui. Francis traversa le pont et s'arrêta un peu au-delà, avant le Gentiana; Sam le rejoignit, triomphant, car il avait bien skié et tenu l'allure; puis ce fut le tour de Patrick. Ils attendirent.

– Que fait le professeur? demanda enfin Sam. Je trouve qu'il met bien longtemps.

L'attente se poursuivit vainement.

– Demandons autour de nous si quelqu'un l'a vu, décida Francis.

Il arrêta le dernier skieur arrivé qu'il questionna, mais l'homme n'avait vu aucun barbu en difficulté sur la piste.

– Il est possible qu'il n'ait pas compris quel itinéraire nous prenions. Il en aura choisi un autre, suggéra Sam. Il nous attend peut-être au Silvretta.

– Allons-y, dit Patrick.

Max n'était pas au Silvretta, pas plus d'ailleurs que Barbara et Frau Hiller. En revanche, Jan et Sue y prenaient le thé et leur assurèrent n'avoir vu aucun d'eux.

– Il doit être encore au sommet, dit Patrick. Je remonte.

– Je vous accompagne, dit Francis.

– Inutile, à moins que vous n'ayez envie d'une dernière descente.

– Bien sûr que je viens. Ne serait-ce que pour finir la journée sportivement.

– Si vous voulez bien m'excuser, je ne m'y risquerai pas, dit Sam. Je me sens un peu courbaturé. En plus, je ne suis pas de votre force et je pourrais vous gêner.

– D'accord, Sam. Peut-être pourriez-vous attendre Barbara pour lui dire ce qui s'est passé, dit Francis.

Sam acquiesça et s'assit à la table de Sue et de Jan tandis que Patrick et Francis repartaient vers le terminus du télésiège. Ils y trouvèrent Barbara qui piétinait, l'air anxieux.

– Frau Hiller n'est pas descendue, dit-elle. Elle a insisté pour que je me place devant elle et, lorsque je me suis retournée, elle n'était pas sur le siège suivant. Je me suis dit qu'elle l'avait tout simplement manqué mais il y avait un grand espace vide avant la personne suivante. Je me demandais si j'allais remonter la chercher. Peut-être qu'elle a eu un malaise.

– C'est nous qui allons la chercher, dit Patrick. De toute façon, nous remontions.

Francis lui jeta un coup d'œil furtif. Patrick n'avait pas parlé de Max.

– Sam t'attend au Silvretta, chérie. Va t'installer avec lui, dit Francis. Nous allons voir ce qui s'est passé. Peut-être que Frau Hiller a eu le vertige ou un étourdissement.

– C'est possible. Elle n'était pas très bavarde cet après-midi mais elle avait l'air en forme. J'ai proposé que nous descendions plus tôt, avant que vous ne reveniez de Kramms, mais elle préférait rester.

– Écoute, ne t'inquiète pas. Si elle a le vertige, nous veillerons à ce qu'elle redescende en toute sécurité, assura Francis.

Barbara murmura « Entendu » mais n'en avait pas moins l'air soucieux.

– Nous ferions mieux de monter tout de suite dit Francis en se dirigeant vers la plate-forme.

Patrick fit oui de la tête et lui emboîta le pas.

– Vas-y, chérie. Rentre, cria Francis en agitant le bras.

Puis il se tourna vers Patrick.

– Je sens qu'il se passe quelque chose mais je ne suis pas sûr de ce dont il s'agit, dit-il. Les explications viendront plus tard.

Patrick acquiesça silencieusement.

Il était impossible de communiquer pendant la traversée jusqu'à Obergreutz et Patrick, calé dans son siège, se rongeait les sangs. Devant lui, Francis donnait l'impression d'admirer le panorama. Les passagers qui descendaient étaient rares et Patrick les dévisagea tour à tour dans l'espoir que Max et Frau Hiller seraient parmi eux. Quand ils atteignirent le sommet, le lieu était désert, le soleil très bas et le froid mordant.

– Rigoureusement personne, dit Francis.

Il chargea ses skis sur son épaule.

– Allons voir au restaurant. Si Frau Hiller s'est sentie mal, c'est là qu'elle sera.

Le restaurant ne contenait qu'une poignée de skieurs et un groupe de moniteurs qui attendaient le départ des derniers touristes avant de descendre eux-mêmes. Frau Hiller et le professeur n'étaient pas là.

– Tout le monde connaît Max dans le pays. Si nous questionnons les moniteurs, ils sauront qui nous cherchons, dit Patrick.

– J'en connais moi-même plusieurs, dit Francis. J'ai repéré Fritz Gruber. Je vais le questionner.

Fritz Gruber, un des plus vieux moniteurs, répondit aussitôt qu'il avait vu le professeur Klocker et une dame prendre ensemble le remonte-pente quelque temps auparavant. Une dame pas toute jeune, précisa-t-il, sur les instances de Francis, avant d'ébaucher de ses mains tannées la silhouette caractéristique de Frau Hiller. Il l'avait remarquée parce qu'elle semblait assez nerveuse sur ses skis et qu'il ne l'avait pas vue skier précédemment.

– Nous ferions mieux de monter. Le remonte-pente n'est pas encore arrêté, dit Patrick. Dépêchons !

– J'imagine que vous savez ce qui se cache là-dessous, dit Francis.

– Pas entièrement et vous serez probablement en mesure de combler certaines lacunes, dit Patrick

Ils fixèrent leurs skis pour aller jusqu'au pied du remonte-pente. Le préposé qui, à cette heure tardive, ne chargeait que les moniteurs n'était pas très chaud pour les laisser monter mais Francis, passant à l'allemand, plaida gaiement leur cause et la nécessité de profiter des beaux jours. Il les embarqua.

– C'est le genre de situation où l'un de nous peut perdre la tête et se briser un tibia, prédit sombrement Francis. Alors, mon vieux, il est temps de vous décider. Mettez-moi au parfum. Votre cher professeur joue double-jeu, n'est-ce pas ? À mon avis, vous aussi. Qu'y a-t-il derrière tout ça ? C'est sûrement en rapport avec Walker. Je ne vois pas d'autre explication possible.

– Indirectement, répondit Patrick. Je ne sais pas quelle place Frau Hiller occupe là-dedans ; je m'interroge encore. Vous semblez bien la connaître. Comment avez-vous fait connaissance ?

– C'est elle qui nous a abordés. Elle est arrivée mercredi dernier. Dès le lendemain, elle a émis quelques généralités sur le temps et exprimé son souhait d'améliorer son anglais. Elle semblait très timide. Comme Barbara ne skie pas, elle est toujours contente de trouver quelqu'un avec qui parler quand nous sommes ici ; elle était très désireuse de se faire des amis. Nous avons découvert que Frau Hiller aimait le bridge, et le tour était joué. C'est une charmante dame. Son allemand est un peu déconcertant. Elle le parle couramment mais il est académique et démodé. Son anglais n'est pas aussi parfait mais elle comprend tout.

– Je n'avais pas remarqué cette particularité de son allemand, dit Patrick penaud. Le mien n'est pas assez bon pour que je perçoive de telles subtilités.

– Pour ma part, je le trouve excellent, repartit Francis généreux. Votre accent est meilleur que le mien. Je parle l'allemand local qui est assez dur.

– Frau Hiller est arrivée mercredi dernier seulement, avez-vous dit. Comment est-elle venue ? demanda Patrick.

– Elle est arrivée en taxi. Elle avait eu un voyage éprouvant et s'est couchée aussitôt. Elle a voyagé seule, sans recourir à une agence.

Tout en parlant, Patrick scrutait le visage des passagers qui descendaient mais il savait à présent que ni le professeur ni Frau Hiller ne se trouveraient parmi eux. Et dans son désarroi, il pensait tout haut :

– Max a dû prendre des dispositions pour que quelqu'un laisse là-haut des skis et des chaussures pour elle. Il n'a pas pu tout combiner à lui seul. Peut-être que Helga l'a aidé. Ou son vieil ami pianiste de Kramms.

– Désolé mais je ne vous suis pas du tout, dit Francis.

Ils atteignirent le sommet du téléski, jetèrent derrière eux le crochet et skièrent immédiatement. Une fois la crête de la montagne atteinte, ils regardèrent devant eux. Personne en vue mais des traces de ski partaient dans toutes les directions. Patrick avait sillonné la zone avec Max le matin même. À cet endroit, il était possible de choisir un itinéraire facile pour un skieur non entraîné.

Puis ils entendirent l'hélicoptère au loin, vers l'ouest, devant le coucher de soleil. Francis, l'ex-militaire, l'aperçut le premier.

– Il va se poser, dit-il.

Cela se passait très loin d'eux, au-dessus d'une cuvette dans les montagnes, à grande distance de toute liaison. Max a dû se donner un mal de chien pour l'emmener jusque-là dans la neige profonde, pensa Patrick. Il a dû tracer la piste pour qu'elle puisse le suivre.

– Quels sont ses centres d'intérêt? Vous a-t-elle parlé de ses goûts? demanda-t-il soudain. Je pense à Frau Hiller.

– Le tricot, répondit Francis sans hésiter. Elle tricote un vilain sweater terne dont la laideur consterne Barbara. Apparemment, elle a des connaissances sérieuses en agriculture. Elle a voulu savoir avec quoi les

Derrington nourrissent leurs visons et elle a des notions étendues sur les fleurs sauvages des îles Britanniques. Plutôt curieux pour une citoyenne de Francfort.

– Je doute qu'elle soit originaire de Francfort, dit Patrick d'un ton mesuré. Max devait être très inquiet pour prendre le risque de la faire sortir dans ces conditions. Au pire, il pouvait la porter. Il est en forme pour un homme de son âge et c'est un excellent skieur. L'en croyez-vous capable ? demanda-t-il.

– S'il y était contraint, oui. Vous ou moi trouverions cela dur, mais je dirais qu'il pouvait s'en sortir en cas d'urgence.

La tonalité de l'hélicoptère avait changé.

– Il est au sol, dit Francis. Là-bas, derrière ce petit pic, indiqua-t-il le bras tendu.

La croupe d'une petite montagne leur dissimulait l'appareil. Presque aussitôt, ils le virent s'élever dans les airs. Après un moment de surplace, il s'évanouit rapidement vers le sud-ouest et la Suisse.

– Un congrès de scientifiques s'est tenu à Munich la semaine dernière, dit Patrick Pas à Francfort, à Munich. Un de mes collègues d'Oxford y assistait. Il réunissait des experts en écologie venus du monde entier. À présent, ils sont tous de retour chez eux, excepté une dame.

Les yeux de Francis s'arrondirent.

– Et le professeur ? demanda-t-il après un silence. Que devient-il là-dedans ?

– Max aura fait ses plans, dit Patrick.

Il ne devrait pas y avoir d'autre erreur.

Jeudi

I

Patrick passa la nuit dans le bureau du professeur à lire le manuscrit de son ouvrage sur Marlowe. À minuit, comme il n'y avait toujours pas de nouvelles de Max, il avait envoyé Helga se coucher. Elle était perplexe, angoissée. L'hypothèse de Patrick selon laquelle Helga aurait été mêlée à la disparition de Frau Hiller était bonne à jeter; le vieux pianiste de Kramms devait être le complice de Max.

Au début de la soirée, Patrick et Liz étaient allés dans la chambre de Frau Hiller au Gentiana; ils l'avaient trouvée pratiquement vide. Il y restait une pile de livres de poche, tous en anglais, portant le cachet de l'hôtel, et une valise bon marché qui contenait quelques vêtements pratiquement neufs, achetés en Autriche. Le tricot soigneusement roulé était dans un tiroir, en compagnie d'une enveloppe adressée à Frau Scholler; elle contenait la somme due par Frau Hiller pour la chambre qu'elle avait occupée une semaine.

Après que Helga fut enfin montée dans sa chambre, Patrick avait allumé la radio : on y annonçait qu'une scientifique, savant de haut niveau, n'était pas retournée dans son pays à l'issue d'un congrès international à Munich. Le lieu où elle se trouvait actuellement ne fut pas évoqué mais on pensait qu'elle était en route pour les États-Unis.

Une enveloppe adressée à Patrick était glissée entre les feuillets de l'ouvrage dc Max. À l'heure matinale où le télésiège descendit, rapportant à Greutz le cadavre gelé du professeur, Patrick avait lu plusieurs fois le texte qu'elle contenait, ainsi que le manuscrit dans son intégralité.

II

– Mais pourquoi fallait-il tuer Bernard? demanda Liz.

Un autre jour ensoleillé s'était écoulé, moins radieux pourtant que le précédent. Les quelques rafales de neige, peu abondantes, n'avaient pas empêché l'arrivée de l'hélicoptère qui transportait les fonctionnaires venus éclaircir le mystère des dernières heures de Max. Sur la montagne, il n'avait pas neigé pendant la nuit; les traces intactes montraient comment le professeur était revenu à ski à Obergreutz à partir du lieu d'où l'hélicoptère avait emporté Frau Hiller. Il devait être très tard au moment où il avait atteint Obergreutz; le télésiège était arrêté depuis longtemps et le restaurant avait fermé ses portes quand le dernier téléphérique était parti pour Kramms à neuf heures. Coupée du monde depuis des jours, la famille qui tenait le restaurant était descendue à Kramms, si bien qu'il n'y aurait eu personne pour ouvrir à Max s'il avait frappé. Il était allé à la station du télésiège; peut-être avait-il eu l'intention de redescendre à skis dans la lumière intermittente de la lune décroissante, mais il lui fallait d'abord se reposer. Il avait toujours ses skis aux pieds mais il avait automatiquement refermé la barre du siège où il s'était installé; il s'y trouvait encore quand le télésiège avait démarré tôt le matin. Mort d'une crise cardiaque, pensait le Dr Wesser.

– Bernard avait surpris une conversation entre Max et Frau Hiller samedi soir, dans la réserve à skis du Gentiana, répondit Patrick.

Il tapota des feuillets qu'il tenait à la main :

– Tout est là.

– Il les a laissés pour toi ?

– Ils étaient dans son manuscrit. Il savait que je le regarderais et que je les trouverais.

– Donc il n'a jamais eu l'intention de revenir.

– Disons qu'il prévoyait qu'il pourrait ne pas avoir la force d'assurer son retour.

– Mais c'était un accident... la mort de Max ? Il n'a pas avalé de comprimés, ou de cachets ou... ?

– Je pense que c'était un accident. Il avait l'intention de revenir et de faire la lumière concernant la mort de Bernard, une fois sa mission achevée.

– Mais comment as-tu fait le lien entre Max et Bernard ?

– Mardi matin, après que le corps de Bernard a été retrouvé, je suis allé jusqu'à cette brèche dans le remblai près de la Ziller qui conduit au chalet Edelweiss et j'ai vu les lunettes de Bernard au fond de l'eau. Plus tard, ce même mardi, quand nous y sommes allés ensemble, elles avaient disparu. Et quand toi et moi sommes allés déjeuner chez Max, j'ai vu qu'il était sorti ; or, il ne me l'a jamais dit.

– Comment l'as-tu su ?

– J'avais dégagé le passage avant le petit déjeuner. Il avait peu neigé pendant la matinée : il y avait environ trois centimètres de neige fraîche quand je suis parti le matin. Quand toi et moi sommes arrivés ensemble à l'heure du déjeuner, il n'y avait plus aucune empreinte. Normalement, celles de mes pas auraient dû s'y trouver. Il n'y avait pas de vent et ce qui était tombé de neige aurait dû laisser des creux là où j'avais marché. De même, la couche de neige qui couvrait le sentier était très légère, montrant qu'elle avait été récemment balayée.

– Mais Max ignorait que l'on avait retrouvé le corps de Bernard.

– Il était près de moi sur le balcon quand nous avons vu toute cette agitation près du pont. J'ai dit que j'allais me renseigner et que je passerais te voir. Il a dû deviner ce qui était arrivé. Sachant que j'allais être absent quelque temps, il a pris le risque de se rendre sur place. Aucune de ses relations ne se serait étonnée de sa présence au village.

– Mais comment savait-il que Bernard ne portait pas ses lunettes quand on l'a retrouvé mort?

– Il ne le savait pas, pas de façon précise. Il est allé voir si quelque indice montrait que Bernard était resté étendu près de la rivière à cet endroit et il a vu les lunettes. Tout comme je les ai vues.

– Mais c'était quelqu'un de très bien. Une personnalité. Pourquoi a-t-il fait cette chose terrible? Tuer Bernard ne lui ressemble pas du tout. Il voulait faire sortir Frau Hiller pour des raisons humanitaires.

– Il n'avait pas l'intention de tuer Bernard. Au début, rappelle-toi, il ne savait pas qui était Bernard. Frau Hiller – c'est plus simple de continuer à l'appeler comme ça – n'est pas la première personne qu'il a aidée à s'évader. D'autres gens étaient impliqués dans l'opération, il n'était qu'un maillon. Mais il avait déjà caché des gens à Greutz, dans un hôtel où ils passaient inaperçus au milieu des clients ordinaires, alors qu'un invité séjournant chez Max aurait été remarqué. Frau Hiller était en sécurité ici quand nous étions coupés de tout, aussi longtemps que personne ne découvrait qui elle était. N'oublie pas que le téléphone fonctionnait : toute personne qui l'aurait démasquée pouvait prendre contact avec le monde extérieur. C'est le genre de scoop que les journaux s'arrachent et paient les yeux de la tête. Imagine seulement ce qui se serait passé si ce minable de Derrington l'avait appris... En fait, Bernard, le seul qui ait eu vent de quelque chose, était sans doute inoffensif et n'a probablement pas compris ce dont parlaient Frau Hiller et Max car son allemand était rudimentaire. Si l'information avait filtré avant qu'elle soit saine et sauve dans un sanctuaire, comme on dit aujourd'hui, les communistes auraient pu manœuvrer pour lui remettre la main dessus. Elle vaut son pesant d'or.

Patrick se tut le temps de rassembler ses idées. Puis il reprit :

– Cette évasion était programmée depuis très longtemps. Il fallait que Frau Hiller trouve une occasion de franchir le rideau de fer. Elle avait reçu pour instructions de se lier d'amitié avec tous les Anglais qu'elle pourrait trouver à l'hôtel. Moi-même, j'ai été invité à faire une conférence devant les étudiants de Max, de façon qu'il puisse me convier ici et fraterniser plus aisément avec la communauté anglaise. Le fait que tu te sois trouvée là – j'ai été fou de joie de te voir – était un nouvel atout dans son jeu. Quelqu'un d'autre a fait sortir Frau Hiller de Munich et l'a conduite ici ; c'était alors à Max de prendre contact avec elle.

– Il s'est servi de toi.

– Exact.

C'était un point sur lequel Patrick essayait de ne pas s'appesantir.

– Il a parlé à Frau Hiller dans la réserve à skis pour la prévenir qu'il la ferait sortir par hélicoptère dès qu'il le pourrait. Elle est remontée à l'hôtel par l'escalier intérieur tandis que Max empruntait l'accès extérieur. C'est en se dirigeant vers la porte qu'il est tombé sur Bernard qui s'était caché dans un coin. Il était probablement venu là pour échapper à Fiona. D'un geste réflexe, Max l'a frappé avec sa torche. Ensuite seulement, il a reconnu l'homme qu'il avait croisé dans le hall de l'hôtel et qui avait dit «*Entschuldigen Sie*», et avait donc pu comprendre la conversation. Max a d'abord pensé l'amener au chalet, me mettre dans le coup et garder Bernard prisonnier jusqu'à la fin de l'opération. Puis il s'est rendu compte qu'il avait frappé trop fort et qu'il s'était mis dans un sale pétrin. Bernard portait ses caoutchoucs; malgré Fiona qui le collait comme une sangsue, il les avait enfilés. Max les lui a retirés et les a déposés au vestiaire. Puis il a mis Bernard sur une luge et l'a traîné jusqu'à la brèche. C'était l'endroit le plus proche où il pouvait l'abandonner sans être vu et où Bernard serait bientôt recouvert de neige.

– Quelle barbarie!

– Oui. Vois-tu, il avait déjà tué auparavant, quand il s'est engagé dans ce genre d'action après la guerre. Il a probablement pensé inconsciemment qu'un individu qui se cachait tard dans la nuit dans une réserve à skis pouvait être sacrifié pour assurer le salut de Frau Hiller.

– Mais où étais-tu quand cela s'est passé? Toi et lui êtes sortis ensemble.

– Il est rentré avec moi. Puis, après que j'ai été couché, il est reparti. Je ne l'ai pas entendu sortir. S'il avait rencontré quelqu'un ou si je l'avais entendu, il aurait prétexté qu'il allait rechercher un objet oublié au Gentiana.

– Et dire que Bernard ne pouvait pas comprendre un traître mot de ce qu'ils disaient.

– Non. Mais il a quand même dû trouver cette rencontre bien mystérieuse.

– À quel titre le professeur s'est-il cru autorisé à décider que la vie de Bernard avait moins de prix que celle de Frau Hiller ?

– Bien vu, Liz ! Mais, c'est vrai, tu sais, que les hommes de valeur ne se dissimulent pas au milieu de la nuit dans d'obscurs recoins, caoutchoucs aux pieds. Néanmoins, Max savait que telle était ma position et que je l'aurais traqué dès que j'aurais compris qu'il était responsable. Si bien qu'il lui a fallu accélérer le mouvement et faire sortir Frau Hiller d'Autriche au plus vite. Je lui ai fait confiance dans la mesure où il devait avoir une vraie raison d'être si implacable. Je lui ai laissé le temps. Jusqu'à hier soir, tu sais, j'ignorais pourquoi il avait tué Bernard.

– Quelle affaire incroyable !

– C'était une obsession. Sa femme était juive, rappelle-toi. Elle a été arrêtée par les SS au début de la guerre. Max connaissait les coordonnées de quelques autres Juifs qui se cachaient – ils vivaient alors à Vienne – et on l'a persuadé de les dénoncer en échange de la vie sauve pour sa femme et sa fille. Bien entendu, c'était un piège. Les autres Juifs ont été arrêtés et l'on n'a jamais revu la femme et la fille de Max. Depuis, Max s'efforce de venger leur mort et de soulager sa conscience.

– Mais, Patrick, même si Bernard avait compris ce dont ils parlaient, Frau Hiller aurait certainement été en sécurité. Nous sommes en Autriche, ici, pas en Russie.

– Nous sommes tout près du rideau de fer. Même si tous les clients de Hickson l'avaient gardée nuit et jour, les communistes l'auraient récupérée, ou tuée. Ils ont probablement un agent ou deux dans le coin.

– Que va-t-il se passer maintenant ?

– Nous ne faisons rien qui puisse laisser entendre que la mort de Bernard n'était pas un accident. L'autopsie montrera qu'il s'est heurté la tête. Laissons la réputation de Max intacte. De mon côté, je vais faire le nécessaire pour que son livre soit publié, comme il l'a demandé.

Après une pause, Liz reprit :

– Peut-être que ce drame te dissuadera de te mêler des affaires des autres à l'avenir.

– Non, Liz. Bernard avait une mère, penses-y. Il aurait pu avoir une ribambelle de gamins sur les bras. Sa vie lui appartenait ; il aurait dû la vivre pleinement et Max était d'accord sur ce point. Il était résolu à faire face aux conséquences à son retour. Comme il en va de toutes les obsessions, il a fini par perdre le contrôle de la sienne.

– Et son enseignement ?

– Tu veux parler de son intégrité intellectuelle ? Elle était absolue. Après tout, la liberté tout court et la liberté d'expression figuraient au premier plan de ses obsessions. Il a conçu son œuvre en vue de s'assurer une réputation internationale, afin de pouvoir voyager et nouer des contacts avec des gens qui aspirent à la liberté. Il a fait la connaissance de Frau Hiller il y a six ans : le temps qu'il a fallu à une scientifique renommée pour trouver un moyen légal de sortir quelques jours de son pays.

– Je n'arrive pas à y croire, soupira Liz. Je pensais que le meurtrier devait être un des autres. Freddie, par exemple.

– Ou ton précieux Francis qui est irréprochable et qui s'est révélé à la fin un ferme soutien.

Patrick se demanda s'il fallait lui parler de Frau Weber et du chalet Edelweiss. La mort de Bernard l'avait préservée de s'éprendre plus profondément mais elle pouvait continuer à se poser des questions. Il lui rapporta avec concision la conversation dans le téléphérique.

Liz écouta sans l'interrompre. Quand il eut terminé, elle resta silencieuse quelques minutes. Puis elle conclut :

– Tu vois qu'il vaut mieux choisir la fuite.

GROUPE CPI

Achevé d'imprimer en septembre 2001 par
BUSSIÈRE CAMEDAN IMPRIMERIES
à Saint-Amand-Montrond (Cher)
N° d'édition : 48126. - N° d'impression : 014116/1.
Dépôt légal : octobre 2001.
Imprimé en France

Collection Points

SÉRIE POLICIERS

P18. L'Héritage empoisonné, *par Paul Levine*
P19. Les Égouts de Los Angeles, *par Michael Connelly*
P29. Mort en hiver, *par L. R. Wright*
P81. Le Maître de Frazé, *par Herbert Lieberman*
P103. Cadavres incompatibles, *par Paul Levine*
P104. La Rose de fer, *par Brigitte Aubert*
P105. La Balade entre les tombes, *par Lawrence Block*
P106. La Villa des ombres, *par David Laing Dawson*
P107. La Traque, *par Herbert Lieberman*
P108. Meurtre à cinq mains, *par Jack Hitt*
P142. Trésors sanglants, *par Paul Levine*
P155. Pas de sang dans la clairière, *par L. R. Wright*
P165. Nécropolis, *par Herbert Lieberman*
P181. Red Fox, *par Anthony Hyde*
P182. Enquête sous la neige, *par Michael Malone*
P226. Une mort en rouge, *par Walter Mosley*
P233. Le Tueur et son ombre, *par Herbert Lieberman*
P234. La Nuit du solstice, *par Herbert Lieberman*
P244. Une enquête philosophique, *par Philip Kerr*
P245. Un homme peut en cacher un autre, *par Andreu Martín*
P248. Le Prochain sur la liste, *par Dan Greenburg*
P259. Minuit passé, *par David Laing Dawson*
P266. Sombre Sentier, *par Dominique Manotti*
P267. Ténèbres sur Jacksonville, *par Brigitte Aubert*
P268. Blackburn, *par Bradley Denton*
P269. La Glace noire, *par Michael Connelly*
P272. Le Train vert, *par Herbert Lieberman*
P282. Le Diable t'attend, *par Lawrence Block*
P295. La Jurée, *par George Dawes Green*
P321. Tony et Susan, *par Austin Wright*
P341. Papillon blanc, *par Walter Mosley*
P356. L'Ange traqué, *par Robert Crais*
P388. La Fille aux yeux de Botticelli, *par Herbert Lieberman*
P389. Tous les hommes morts, *par Lawrence Block*
P390. La Blonde en béton, *par Michael Connelly*
P393. Félidés, *par Akif Pirinçci*
P394. Trois Heures du matin à New York
par Herbert Lieberman
P395. La Maison près du marais, *par Herbert Lieberman*
P422. Topkapi, *par Eric Ambler*

P430. Les Trafiquants d'armes, *par Eric Ambler*
P432. Tuons et créons, c'est l'heure, *par Lawrence Block*
P435. L'Héritage Schirmer, *par Eric Ambler*
P441. Le Masque de Dimitrios, *par Eric Ambler*
P442. La Croisière de l'angoisse, *par Eric Ambler*
P468. Casting pour l'enfer, *par Robert Crais*
P469. La Saint-Valentin de l'homme des cavernes *par George Dawes Green*
P483. La Dernière Manche, *par Emmett Grogan*
P492. N'envoyez plus de roses, *par Eric Ambler*
P513. Montana Avenue, *par April Smith*
P514. Mort à la Fenice, *par Donna Leon*
P530. Le Détroit de Formose, *par Anthony Hyde*
P531. Frontière des ténèbres, *par Eric Ambler*
P532. La Mort des bois, *par Brigitte Aubert*
P533. Le Blues du libraire, *par Lawrence Block*
P534. Le Poète, *par Michael Connelly*
P535. La Huitième Case, *par Herbert Lieberman*
P536. Bloody Waters, *par Carolina Garcia-Aguilera*
P537. Monsieur Tanaka aime les nymphéas *par David Ramus*
P538. Place de Sienne, côté ombre *par Carlo Fruttero et Franco Lucentini*
P539. Énergie du désespoir, *par Eric Ambler*
P540. Épitaphe pour un espion, *par Eric Ambler*
P554. Mercure rouge, *par Reggie Nadelson*
P555. Même les scélérats…, *par Lawrence Block*
P571. Requiem caraïbe, *par Brigitte Aubert*
P572. Mort en terre étrangère, *par Donna Leon*
P573. Complot à Genève, *par Eric Ambler*
P606. Bloody Shame, *par Carolina Garcia-Aguilera*
P617. Les Quatre Fils du Dr March, *par Brigitte Aubert*
P618. Un Vénitien anonyme, *par Donna Leon*
P626. Pavots brûlants, *par Reggie Nadelson*
P627. Dogfish, *par Susan Geason*
P636. La Clinique, *par Jonathan Kellerman*
P639. Un regrettable accident, *par Jean-Paul Nozière*
P640. Nursery Rhyme, *par Joseph Bialot*
P644. La Chambre de Barbe-Bleue, *par Thierry Gandillot*
P645. L'Épervier de Belsunce, *par Robert Deleuse*
P646. Le Cadavre dans la Rolls, *par Michael Connelly*
P647. Transfixions, *par Brigitte Aubert*
P648. La Spinoza Connection, *par Lawrence Block*
P649. Le Cauchemar, *par Alexandra Marinina*
P650. Les Crimes de la rue Jacob, *ouvrage collectif*

P651. Bloody Secrets, *par Carolina Garcia-Aguilera*
P652. La Femme du dimanche
par Carlo Fruttero et Franco Lucentini
P653. Le Jour de l'enfant tueur, *par Pierre Pelot*
P669. Le Concierge, *par Herbert Lieberman*
P670. Bogart et Moi, *par Jean-Paul Nozière*
P671. Une affaire pas très catholique, *par Roger Martin*
P693. Black Betty, *par Walter Mosley*
P706. Les Allumettes de la sacristie, *par Willy Deweert*
P707. Ô mort, vieux capitaine…, *par Joseph Bialot*
P708. Images de chair, *par Noël Simsolo*
P717. Un chien de sa chienne, *par Roger Martin*
P718. L'Ombre de la louve, *par Pierre Pelot*
P727. La Morsure des ténèbres, *par Brigitte Aubert*
P733. Le Couturier de la Mort, *par Brigitte Aubert*
P742. La Mort pour la mort, *par Alexandra Marinina*
P754. Le Prix, *par Manuel Vázquez Montalbán*
P755. La Sourde, *par Jonathan Kellerman*
P756. Le Sténopé, *par Joseph Bialot*
P757. Carnivore Express, *par Stéphanie Benson*
P768. Au cœur de la mort, *par Laurence Block*
P769. Fatal Tango, *par Jean-Paul Nozière*
P770. Meurtres au seuil de l'an 2000
par Éric Bouhier, Yves Dauteuille, Maurice Detry, Dominique Gacem, Patrice Verry
P771. Le Tour de France n'aura pas lieu, *par Jean-Noël Blanc*
P781. Le Dernier Coyote, *par Michael Connelly*
P782. Prédateurs, *par Noël Simsolo*
P792. Le Guerrier solitaire, *par Henning Mankell*
P793. Ils y passeront tous, *par Lawrence Block*
P794. Ceux de la Vierge obscure, *par Pierre Mezinski*
P803. La Mante des Grands-Carmes
par Robert Deleuse
P819. London Blues, *par Anthony Frewin*
P820. Sempre caro, *par Marcello Fois*
P821. Palazzo maudit, *par Stéphanie Benson*
P834. Billy Straight, *par Jonathan Kellerman*
P835. Créance de sang, *par Michael Connelly*
P849. Pudding mortel, *par Margarety Yorke*
P850. Hemoglobine Blues, *par Philippe Thirault*
P851. Exterminateurs, *par Noël Simsolo*
P859. Péchés mortels, *par Donna Leon*
P860. Le Quintette de Buenos Aires
par Manuel Vázquez Montalbán
P861. Y'en a marre des blondes, *par Lauren Anderson*

P862. Descentes d'organes, *par Brigitte Aubert*
P875. La Mort des neiges, *par Brigitte Aubert*
P876. La lune était noire, *par Michael Connelly*
P877. La Cinquième Femme, *par Henning Mankell*
P882. Trois Petites Mortes, *par Jean-Paul Nozière*
P883. Le Numéro 10, *par Joseph Bialot*
P888. Le Bogart de la cambriole, *par Lawrence Block*
P892. L'Œil d'Eve, *par Karin Fossum*
P898. Meurtres dans l'audiovisuel, *par Yan bernabot, Guy Buffet Frédéric Karar, Dominique Mitton et Marie-Pierre Nivat-Henocque*
P899. Terminus pour les pitbulls, *par Jean-Noël Blanc*
P909. L'Amour du métier, par *Lawrence Block*
P910. Biblio-quête, *par Stéphanie Benson*
P911. Quai des désespoirs, *par Roger Martin*
P926. Sang du ciel, *par Marcello Fois*
P927. Meurtres en neige, *par Margaret Yorke*
P928. Heureux les imbéciles, *par Philippe Thirault*